KB067872

가짜 모범생

가짜 모범생

손현주 장편소설

특별한서재

차
례

가짜 모범생

『가짜 모범생』 창작 노트

1

매주 수요일 오후는 끔찍했다. 이제 막 머리가 벗어지기 시작한 정신과 의사를 만나야 하기 때문이다. 의사는 내게 기억하기 싫은 것들을 주로 물어보았다. 소아 청소년 정신과를 드나든 것도 벌써 3개월째다.

"그래, 요즘도 꿈에 형이 나타나니?"

의사가 내게 물었다.

"요즘은 좀 다른 꿈을 꿔요."

"꿈 얘기를 해볼까?"

"꿈에 악어가 나타나요."

"악어?"

"침대 밑에 큰 악어가 웅크리고 있어요. 제가 바닥에 발을 내딛는 순간 큰 입으로 두 발을 집어삼키려고 해요."

의사는 악어라는 말에 조금 놀란 표정을 지었다.

어릴 적 그림책에서 본 악어는 세상에서 가장 보기 싫은 눈을 가지고 있었다. 이집트 나일강에 사는 악어는 동물을 잡아 먹고 난 뒤 동물의 죽음을 애도하는 눈물을 흘린다고 한다. 거짓으로 눈물을 흘리는 모습이 막연히 누군가를 닮은 것 같았다. 언제부턴가 내 꿈에 악어가 나타나기 시작했다. 그 뒤로 악어에 대한 공포가 생겼다. 제법 긴 시간 동안 악어의 생태 책을 읽으며 그 공포를 떨치려고 애를 썼다. 그러나 그 공포를 떨치는 것은 쉬운 일이 아니었다.

"악어가 왜 네 발을 물려고 할까?"

나는 고개를 가로저었다. 악어에 대해 말하고 나니 갑자기 목이 타고 속이 답답했다.

"저어, 콜라 좀 먹어도 되죠?"

의사 선생님은 고개를 끄덕였다. 가방에서 콜라를 꺼내 순식간에 흡입하듯 다 마셨다. 벌써 세 병째다. 콜라를 먹고 나니 몸속에 있던 답답함이 쑥 내려갔다.

"콜라 먹는 습관은 여전하구나."

"……."

"그렇게 콜라를 많이 먹으면 이빨이 모두 빠져버릴지도 몰라."

의사는 내게 겁을 주었다. 콜라가 몸에 나쁘다는 것쯤은 알고 있으나 끊는 건 쉬운 일이 아니었다.

"그래, 고등학교 입학하고 친구들은 좀 사귀었니?"

"별로……."

"귀에서 나는 환풍기 소리는 좀 괜찮고?"

"아직도 가끔은 나요."

"엄마와 사이는 예전보다 좀 나아졌지?"

슬슬 짜증이 나기 시작했다. 말하기 싫어졌다. 늘 같은 질문의 반복이었다. 의사는 내게 가면 우울증도 함께 온 것 같다고 했다. 가면 우울증은 청소년 시기에 짜증과 불쾌감이 쌓여 분노까지 생기게 하는 병이라고 했다. 그렇다면 나는 불치병이다. 의사가 내 병을 고쳐줄 거라는 걸 단 한 번도 믿지 않았다. 지금까지 의사가 내게 한 일이라고는 이런 시시한 질문을 던지는 것뿐이었다. 정신과 의사가 하는 일이 고작 환자의 말을 들어주는 거라면 나도 할 수 있을 것 같았다. 그렇게 할 말이 없는 걸까? 차라리 한 번이라도 날 웃겨보라고 소리치고 싶다.

의사는 마지막으로 콜라를 줄이라는 말도 잊지 않았다. 나는 언제나처럼 무표정하게 자리에서 일어섰다.

2

병원 밖으로 나오자마자 편의점부터 찾았다. 길 건너에 편의점이 보였다. 신호등도 무시하고 길을 건넜다. 목이 탔다. 갑자기 자동차 경적이 크게 울렸다. 길을 걷는 동안 편의점만 오롯이 떠올리다 보니 도로 위의 차들을 의식하지 않았다. 나는 고갯짓을 하며 후다닥 편의점 안으로 뛰어들어갔다. 음료 냉장고가 편의점 안쪽에 깊이 들어가 있었다. 냉장고 앞으로 다가가 닥치는 대로 빠르게 콜라 캔을 몇 개 집었다. 계산도 하기 전에 먼저 콜라 캔을 하나 따서 마셨다. 톡 쏘는 콜라가 목울대를 지나자 가슴에서 불이 날 것 같은 더운 기운이 가라앉았다. 편의점에서 계산을 마치고 밖으로 나왔다.

나는 콜라 중독자다. 언제 어디서나 내 손에는 콜라가 들려 있다. 콜라 없는 세상은 상상하기도 싫다. 스트레스가 쌓이면 하루에 1.5리터짜리 콜라를 세 병까지 마실 때도 있다. 콜라가 눈앞에 없으면 불안해 손이 떨리고 심장이 터질 것 같다. 언제부터 콜라에 중독된 것인지 나도 모른다. 엄마는 콜라 성분에 중추신경을 마비시키는 물질이 있다고 하지만, 난 신경 쓰지 않는다. 콜라를 먹어서 죽나 스트레스로 죽나 마찬가지이기 때문이다.

편의점 앞 테이블에 아이들이 삼삼오오 모여 학원 가기 전

짬을 이용해 컵라면을 먹고 있다. 이 동네 아이들에게 밥이란 배가 고프면 채워 넣는 알약 같은 거다. 학원과 자습 시간 가운데 틈새가 생기면 급히 해치워버리는 삶의 방해물 같은 것으로 여긴다. 길밥을 먹는 아이들 틈에서 한 여자애가 닭강정과 콜라를 넣은 비닐봉지와 롤링 백을 끌고 바삐 지나갔다. 저 여자애는 분명 밥 먹을 시간이 없는 아이라는 걸 알 수 있다. 월, 화, 수, 목, 금금금 학원 스케줄로 꽉 짜인 아이들은 이 동네에 대다수다.

초등학교 6학년 때 다녔던 학원도 끔찍했다. 급식실에서 줄 서는 시간에 학원 숙제를 하느라 점심을 거르기 일쑤였다. 그 덕에 위염까지 생겨 속이 뒤집히기도 했다. 화장실에 대변 금지 문구까지 붙여두어 애를 먹었던 자물쇠 학원의 기억은 끔찍했다. 학원에서는 잠시의 틈도 허용하지 않는다는 경고였다. 위염이 생긴 이후 그 학원을 그만두었다.

콜라 캔이 다 비어갈 무렵 눈에 들어온 건 유기농 전문점인 자연농원이었다. 자연농원은 내 이유식부터 책임져온 익숙한 상호였다. 껍질째 먹는 사과를 먹고 씨앗을 화분에 심었던 기억이 떠올랐다. 그 씨앗이 나무가 되고 열매를 맺을 거라는 믿음을 초등학교 4학년 때까지 가지고 있었다. 집에서 사과 열매를 따서 즙을 낼 수 있을 거라는 아주 순진한 생각을 했었다. 무농약 과일과 무항생제 쇠고기, 기름에 튀기지 않은 라면, 우리 밀로만 만든 비스킷 등으로 냉장고를 가득 채우던 엄마. 나는 한동안 유기농 표시가 없는 음식은 다 쓰레기로 알고 지내기도 했다.

중학교 입학 이후 집 밖 음식의 결핍은 부작용을 일으켰다. 그 덕에 내 몸무게는 가파르게 불어났고 콜라 중독은 멈출 수 없었다. 의사 선생님의 경고는 무시무시했다. 당뇨로 발을 자르게 될지도 모른다고 협박했다. 내게 의사의 조언은 귀에 들어오지 않았다. 그보다 탄산이 주는 쾌감을 놓칠 수 없었다. 아니 쾌감이라는 말은 어울리지 않았다. 그냥 살고 싶은 본능과도 같았다. 콜라를 마시지 않으면 손이 떨리고 속이 답답해 미칠 것 같았다. 아침에 눈을 뜨자마자 콜라로 시작해서 콜라로 하루를 마감했다. 가방 안에는 이제 책보다 콜라 캔이 더 많이 들어 있다. 이상한 건 콜라를 먹어도 먹어도 갈증은 해소되지 않았다는 점이다. 오히려 갈증을 부추겼다. 콜라 중독에 유기농 매장의 영향이 없다고 말할 수는 없다. 내 입맛을 성인이 될 때까지 몸에 새기려는 계획이었으나 엄마는 실패하고 말았다. 나는 이제 유기농 식품 따위에 연연하지 않는다. 어쩌면 유기농 식품이 내 면역력을 약하게 만들었는지 모른다. 정크푸드에 대한 갈증이 나를 덮치고 말았다. 의사는 이런 현상을 풍선 효과라고 했다.

3

석 달 전, 3분 먼저 태어난 쌍둥이 형이 죽었다. 크리스마스를 앞두고 있을 때였다. 나는 죽음에 대해 한 번도 생각한 적이 없다. 눈앞에서 벌어진 일이지만 현실감이 없었다. 나는 울먹이기보다 조용히 기도했다. 그것은 두려움 때문이었다. 형이 죽은 후 나는 한동안 잠을 잘 수 없었다. 그나마 겨우 잠이 들면 악몽과 가위에 시달렸다. 병원에서 수면 처방을 받고 약을 먹었으나 부작용이 있었다.

약 기운 탓인지 어둠 속에서 누군가를 보기도 했고 거실을 빙빙 돌아다니기도 했다. 어둠 속에서 나를 향해 쏜살같이 달려오는 물체가 사람인지 아니면 차원이 다른 생명체인지 분간할 수 없었다. 몽유병 환자처럼 집 안을 돌아다니다 벽에 부딪히기도 하고 엄마를 놀라게도 했다. 어슴푸레한 조명이 보이는 주방으로 걸어가 습관대로 냉장고 문을 열고 1.5리터짜리 콜라를 다 마셨다. 꽉 막힌 속이 뚫렸다. 그리고 다시 침대로 들어가 잠을 청했다.

그러자 이번에는 형의 얼굴이 보였다. 형의 얼굴은 핏기 하나 없이 새하얬고 나를 보는 눈은 악의에 차 있었다. 형은 내게 오라고 손짓을 했다. 그리고 갑자기 조롱 섞인 웃음으로 깔깔거렸다. 그 웃음도 잠시, 무심하게 내 이름을 불렀다.

"선휘야……. 선휘야."

나는 그런 형을 보며 고통스러워했다.

"형, 나는, 나는……."

형을 보자 할 말이 있었는데 차마 입이 떨어지지 않았다. 그 순간 형은 활활 타오르는 불길 속으로 걸어 들어갔다. 그 불길로 인해 비명을 지르며 잠에서 깨어났다. 몹시 어두운 꿈이었다. 형은 뒤도 돌아보지 않고 불길 속으로 사라졌다. 나는 두 팔로 다리를 꽉 그러안고 이를 악물었다. 형은 불길 속으로 빨려 들어가듯 순식간에 사라져 붙잡을 수 없었다. 한동안 움직이지 않았고 숨도 겨우 내쉬었다.

4

그날 형이 그렇게 사고만 치지 않았다면 나는 정신과 치료를 받지 않아도 되었을까. 어쩌면 더 일찍 병원에 왔어야 했다. 설령 형이 죽지 않았더라도 우린 이미 병들어 있었다. 형을 떠올리면 엄마의 날카로운 목소리가 귀에 들렸다.

'고등부 3년이 너의 평생을 결정짓는다.'

그걸 잊으면 안 된다고 했다. 남자는 그 3년에 따라 삶의 방향이 결정되는 거라고 단단하게 일렀다. 그런 엄마의 잔소리는 이제 평범한 일상을 넘어 우릴 괴롭히는 수단이 되었다. 전교 1등을 유지하는 건 엄마에게 목숨을 건 사투 같은 거였다. 엄마는 우리를 공부의 전사로 만드는 사령관처럼 행세했고 그 이유는 차고도 넘쳤다.

하루는 아파트 현관문을 열자 엄마가 긴 목봉을 들고 형과 대치 중이었다. 형은 전교 1등을 놓쳤고 그 일은 엄마를 분노케 했다. 박달나무로 만든 목봉은 건조가 잘 돼 반들반들 윤이 났고, 사포질도 잘 된 상태라 한 대 맞으면 등뼈가 찌릿했다.

형은 엄마의 손에 들린 목봉을 낚아채는 데 혈안이 되었다. 엄마는 악을 쓰며 형에게 매를 뺏기지 않으려 발버둥을 쳤다. 우린 주로 화장실로 피했고 좌변기 위로 올라가 숨을 죽이기도 했다. 엄마가 화장실 밖에서 열쇠 찾는 소리를 들으며 귀를 두 손으로 막기도 했다. 화장실 문의 잠금장치가 안쪽으로 돌아가는 소리가 들릴 때면 모든 걸 포기해야 했다.

"자, 이제 밖으로 나오렴. 우리 쌍둥이 아드님들. 지금 안 나오면 무슨 일이 벌어질지 나도 모른단다. 알지?"

엄마의 나긋나긋한 목소리는 오히려 소름 끼치는 공포감을 주었다. 엄마는 화장실 키를 돌리며 득의만만하게 웃고 있을 거라는 걸 알았다. 우린 엄마가 더 미치기 전에 순순히 나가야만 했다.

엄마의 매는 어려서부터 친숙하게 맞아온 훈육의 매였다.

우린 엄마의 구타에 길들여졌다. 또 사랑의 표현이라 여겼다. 엄마는 언제나 우리를 너무 사랑해 문제였다. 상습적인 구타는 사랑의 표현이었다. 그동안 엄마는 때려도 되는 사람인 줄 알았다. 엄마의 양육이 틀렸다고 할 사람은 없었다. 우린 저항하지 않았고 한동안 소리도 내지 않았다.

그러나 그런 날도 잠시였다. 형은 그날이 오기만을 기다렸다. 머리 좋은 형이 그걸 모를 리 없었다. 우린 하루가 다르게 키와 몸이 쑥쑥 컸다. 그리고 상황이 조금씩 달라지기 시작했다. 우린 엄마의 매를 피할 수 있는 날렵함과 도망갈 수 있는 묘안을 발휘했다. 늘 이런 일이 생기면 집 안의 문짝을 발로 차고 주먹으로 쳐대서 온전한 문짝이 하나도 없을 정도였다.

"아!"

엄마의 비명이 먼저 입에서 터져 나왔다. 엄마의 손에 들려 있던 목봉은 이미 형의 손으로 넘어가고 말았다. 형이 엄마를 거칠게 벽 쪽에 밀어붙인 후 거실 바닥으로 내동댕이쳤다. 엄마는 바닥에 나뒹굴었고 그 순간 형은 빼앗았던 목봉을 엄마의 몸을 향해 집어 던졌다. 엄마는 형이 던진 목봉에 배를 맞으며 비명을 질렀다.

"너…… 너 가만 안 둘 거야."

엄마가 할 수 있는 최대한의 협박이었다. 몇 년 사이에 상황이 바뀌었다. 엄마가 우릴 매로 길들였듯이 형 역시 폭력으로 돌려주었다.

잠시 후 인터폰이 울렸고 모니터에 경찰의 모습이 보였다. 아래층에서 신고한 모양이다. 우리는 경찰이라는 사실을 깨닫자마자 방 안 화장실로 튀었다. 엄마는 옷매무새와 머리를 가다듬고 아무 일 없다는 듯이 아주 태연하게 현관문을 열었다. 경찰은 이웃에서 신고가 들어왔다며 잠시 집 안을 살피겠다고 했다. 엄마는 여유로운 미소를 잃지 않고 우아하게 거짓말을 했다.

"서재에 있는 물건들 정리하다 책이 와르르 바닥으로 쏟아졌어요."

엄마는 묵은 짐을 정리하다가 생긴 일이라며 해명했다. 출동한 경찰은 그래도 미심쩍은지 집 안을 둘러봤다.

"책이 정말 많네요."

경찰은 자신의 임무도 잊은 채 벽면 서재를 보고 놀라는 눈치였다. 더구나 책장 사이사이에 놓인 온갖 상장과 트로피들을 보며 기가 죽은 듯이 눈만 굴리고 있었다. 경찰은 이런 고상한 집에서 난투극이 일어났을 거라는 건 짐작조차 할 수 없었을 것이다. 우리는 경찰이 집 안을 둘러보는 사이 방 안 화장실 안쪽으로 들어가 숨죽이고 있었다. 잠시 후 경찰은 별일 아니라는 듯 인사를 하고 집을 빠져나갔다.

경찰이 돌아간 뒤 우리는 화장실에서 나왔고 이런 끔찍한 일이 별일 아니라는 듯 또다시 평범한 일상으로 돌아갔다.

사실 엄마는 애초부터 손버릇이 좋은 편이 아니었다. 피아노 레슨을 할 때도 손등을 때려가며 아이들을 가르치다가 학부모들의 항의를 받은 적이 여러 번 있었다. 엄마의 교육 방식은 피멍이 들도록 맞으면 실력이 늘 수밖에 없다는 정설을 믿는 것이었다.

엄마의 일과 중 약장 관리를 하는 일은 아주 중요한 일이었다. 거실 구석에 큰 약장이 따로 있었다. 약장 안은 글로벌 제약 회사의 축소판이나 마찬가지였다. 우리의 구타 흔적을 지울 수 있는 지우개 같은 거였다. 그 많은 영양제와 연고는 미국과 독일에서 공수해온 것들이라 효과가 빨랐다.

우리 몸에 매를 댄 날 밤이면 언제나 엄마는 약을 발라주는 일을 잊지 않았다. 엄마의 손길은 쓰라린 상처에 새살을 나게 하는 아주 성스러운 행위였다. 나는 그 손길을 아직도 생생히 기억하고 있다.

5

늦은 밤 엄마는 거실 서재로 나가 책을 읽었다. 엄마가 즐겨 읽는 책은 로맹가리의 소설 『새벽의 약속』이었고 소리를 내어 낭독하는 걸 무척 좋아했다. 이건 하나의 종교 의식과도 같았다. 소설이 끝날 때쯤 엄마는 자신의 감정에 못 이겨 흐느껴 울 때도 있었다. 나는 그 책이 궁금해 읽어보았지만 별 감흥을 느끼진 못했다.

『새벽의 약속』은 로맹가리의 자전 소설로 그의 어머니가 어려운 환경에서도 씩씩하게 아들을 키워 위대한 작가로 만들었다는 내용이다. 로맹가리의 엄마는 아주 재수가 없다. 아들을 거의 마마보이 수준으로 만들어버려 진짜 밥맛이다. 로맹가리는 위대한 작가가 되어 엄마를 기쁘게 했는지 모르지만, 결국 자신의 인생은 도둑맞은 셈이다. 엄마와 한 약속을 지키기 위해 평생을 강박에 시달린 로맹가리는 불쌍한 인간이다.

우리 집에도 그런 엄마가 있다. 아들의 장래에 인생을 건 엄마는 우리 쌍둥이가 특별함을 가지고 태어났다고 믿고 있다. 엄마는 쌍둥이의 육아를 위해 일찍부터 도서관에서 영재로 길러낼 책들을 빌려 읽었다. 엄마의 말에 의하면 쌍둥이는 어린 시절을 함께 경험했고 정서나 취향도 거의 비슷하다고 했다. 그것은 엄마의 자궁 안에서 열 달간 함께했기 때문이고 또 같은 DNA를 갖고 태어났기 때문이다.

일란성 쌍둥이는 신생아 1,000명 중 여섯 명 정도에 불과하다. 더구나 왼손잡이가 많은 게 특징인데 나와 형 역시 왼손잡이였다. 우리에게는 신비한 텔레파시가 작동하는 경험이 있다.

　우리는 어릴 때부터 늘 비슷한 취향을 가졌다. 어쩌면 유전자가 같기 때문인지 모른다. 우린 서로 거울을 보는 것 같았다. 어려서부터 둘이 떨어진다는 것은 상상조차 해본 일이 없다. 사람들은 그런 우리를 '거울 쌍둥이'라고 불렀다. 우리는 생일날 서로에게 축하한다는 말을 해본 적이 없었다. 더구나 우리에게는 기이한 일들이 자주 일어났다. 언젠가 이런 일도 있었다.

　내가 과학책에 나와 있는 인물 사진 위에 낙서를 해두었는데, 형도 과학책 속 그 인물 사진 위에 포스트잇을 붙여놓아 놀란 일이다. 꼭 하나의 영혼이 둘로 나뉜 것 같은 느낌이었다.

　또 한번은 팔꿈치가 무척 가려워 피가 날 정도로 문질렀다. 그런데 그날 형이 체육 시간에 팔꿈치를 다쳐 파스를 붙이고 집에 나타났다. 이런 현상이 놀랍기도 하고 신비롭기도 했다.

　의학자들은 일란성 쌍둥이가 인간 복제나 마찬가지라는 말을 했다. 외모도 구분하기 힘들 정도로 똑같아 어릴 때 엄마는 우리를 늘 혼동했다. 이것은 쌍둥이가 가지고 있는 염기 서열이 똑같기 때문이다. 그러나 둘에게는 미묘한 차이가 있었다. 그것은 우리 가족만이 알 수 있는 쌍둥이 구별법이었다. 형은 긴장할 때 눈에 경련이 일어나는 틱 증세가 있었다. 그것은 아주 가끔 일어나는 일로, 형과 나의 신체적 비밀이기도 했다.

6

그날은 종일 온몸이 찢기듯 아팠다. 나는 이유를 알 수 없는 통증으로 학원에 가지 않고 집으로 돌아왔다. 현관문을 열었는데 집이 어느 때보다 고요했다. 엄마는 정형외과에서 족저근막염 치료를 받는 중이라는 문자가 휴대폰에 와 있었다. 집 안은 대낮인데도 쥐 죽은 듯 고요하고 어두웠다.

"형엉."

가방을 거실 테이블 위에 던져놓고 형을 불렀다. 그러나 방 안에 있을 것 같은 형은 대답이 없었다. 형이 혹시 낮잠을 자고 있나 해서 열린 방 쪽으로 다가갔다.

"형엉."

방문을 열며 다시 한번 형을 불러보았으나 방 안은 어두웠고 형은 없었다. 방 안 화장실 문이 살짝 열려 있었고 그 문틈 사이에서 노란 불빛이 새어나왔다. 뭔가 불안한 예감이 방 안을 감돌았다. 열린 문틈으로 환풍기 소리가 유난히 크게 들렸다.

"형! 내 말 안 들려!"

나는 답답해 소리부터 질렀다. 그러나 여전히 환풍기 소리만 윙윙거릴 뿐이었다.

형과 나는 어릴 때부터 집 안 구석에 숨어 있다가 사람을 놀라게 하는 일을 놀이처럼 자주 했었다. 나는 화장실 쪽으로 다가가 조심스레 문을 열었다. 그 순간 눈앞에 검은 실루엣이 길게 보였다. 그건 형이었다. 화장실 공중에 매달려 축 늘어진 형이 있었다. 나는 비명을 지르는 대신 몸이 굳어 한 발짝도 움직일 수 없었다. 형은 환풍구 방향으로 늘어진 채로 고개를 숙이고 있었다. 순간 등허리 쪽이 오싹했다. 비명을 지르고 싶은데 목이 눌린 듯 소리조차 나오지 않았다. 내 귀에는 오로지 환풍기 소리만 웽웽거렸다. 눈동자의 초점을 어디에 둬야 할지 몰라 욕실 바닥만 뚫어지게 보았다. 형이 두 번다시 고개를 들지 못할 것 같다는 예감이 들었다. 3분 먼저 태어난 쌍둥이 형이 스스로 목숨을 끊었다는 사실은 어쩌면 못된 상상이어야 했다.

잠시 뒤, 정신을 차리고 현실이라는 사실을 깨달았다. 집 밖으로 뛰쳐나간 후에야 전화할 수 있었다. 그 후 집으로 돌아온 엄마의 첫마디는 이랬다.

"지금 내가 뭘 보고 있는 거니? 선휘야……."

엄마는 바르르 떨리는 목소리로 방바닥에 손을 짚으며 주저앉았다. 119 구급차가 오고 의료인이 구급처치를 했지만 형은 끝내 눈을 뜨지 않았다.

"네가 왜 죽어야 하는 거니? 왜!"라며 질러대던 목소리가 귓전을 울렸다.

그날 분명히 두 눈으로 생지옥을 보았다. 의식불명이었던 형은 그렇게 집을 나간 뒤 돌아오지 않았다. 우린 새로 맞이할 열일곱 살을 며칠 남기지 못한 채 각자 다른 선택을 했다.

형의 장례식은 가족장으로 조용히 지냈다. 엄마는 아무에게도 형의 죽음을 알리지 않았다. 성당 신부님에게조차 알리지 않았다. 다만 학교에는 알려야 했기 때문에 담임에게만 말했다. 장례식에 참석하겠다는 담임의 말에도 엄마는 단호히 거절했다. 엄마가 기다린 사람은 따로 있었다. 대종 이모였다. 대종 이모는 우리 쌍둥이의 대모다. 그러나 대종 이모는 끝내 나타나지 않았다.

형의 사체가 화장터로 가는 날, 엄마는 형의 옷을 모두 방바닥에 꺼낸 후 가위로 조각조각 잘랐다. 나는 그런 엄마의 행동을 이해할 수 없었다.

"엄마, 왜 형 옷을 찢어?"

"이렇게 하면 형의 영혼이 이곳에 미련을 버리고 빨리 천국에 갈 수 있을 것 같아."

"나도 할까?"

"넌 손대지 마!"

엄마는 옷에 손을 못 대게 했다. 엄마는 옷을 잘라내며 신음 같은 울음을 중간중간 흐느꼈다. 조각난 형의 옷들을 보자 기분이 이상했다. 그것은 마치 형의 영혼이 쭉 갈기갈기 찢긴 듯 보였다.

아버지는 거실 창 앞에 서서 광장만 물끄러미 바라보았다. 나중에 안 사실이지만, 엄마는 유대인들의 풍습을 그대로 따라 한 것이라고 했다. 유대인들은 미성년자가 죽으면 옷을 찢으며 애통해했고, 성인만이 그 옷을 만질 수 있다고 했다. 엄마가 왜 그런 행위를 했는지는 물어보지 않았다.

수많은 영구차에서 주검의 상자들이 내려지며 형의 관도 마침내 화장터로 들어갔다. 엄마는 넋을 잃은 듯 무표정했다. 그 표정이 오히려 차갑고 무서웠다. 눈앞에 보이는 화장 가마에서 형의 살이 타고 뼈가 탄다고 생각하니 믿어지지 않았다. 그러나 잠시 후 작은 돌 항아리로 된 형의 유골함을 보며 형이 이 세상에 존재하지 않는다는 사실을 믿어야만 했다. 엄마가 유골함의 뚜껑을 열고 그 안을 보며 흐느꼈다. 나는 그 안에 형의 뼛가루가 들어 있다는 사실에 그제야 정신이 퍼뜩 났다. 뺨 위로 주르륵 눈물이 흘렀다. 죽음이 내 옆으로 이렇게 성큼 올 거라고는 생각하지 못했다. 명문고 진학을 앞두었고 전교 1등의 영재 코스만 밟아온 형, 그런 형이 한 줌의 가루가 되어 항아리 속에 들어 있었다. 지금쯤 형은 자신을 짓누르던 압박감에서 벗어나 쾌감을 느끼고 있는지도 모른다. 그러나 소년원으로 가기 전날 형이 자살을 선택한 일은 진짜 비겁했다.

형은 화장터에서 멀지 않은 납골당으로 들어갔다. 작은 사물함처럼 생긴 납골당 안에 형과 함께 찍은 사진과 묵주를 넣어주었다. 그리고 형의 손때가 묻은 『수레바퀴 아래서』라는 책을 넣었다. 형이 마지막까지 손에서 놓지 않던 책이었다. 형은 욕실 바닥에 누워 책 읽기를 좋아했다. 형에게 책은 장난감이었다. 납골당 안에 책을 넣기 전, 책갈피가 있는 부분을 뒤적였다. 책갈피가 꽂힌 페이지에는 형이 노란 형광펜으로 밑줄을 그어놓은 구절이 있었다. 그 구절을 눈으로 읽어보았다.

애당초 한스는 멀리까지 걸어 볼 생각이었다. 적어도 뤼첼 저택이나 크로쿠스 초원까지는. 하지만 지금 그는 이끼 위에 누워 산딸기를 먹으며 멍하니 허공만 바라보고 있었다. 왜 자신이 이처럼 피곤한지 의아스러웠다. 예전에는 서너 시간을 산책하면서도 전혀 피곤을 느끼지 않았다. 한스는 다시금 힘을 내어 멀리 한번 걸어 보기로 마음먹었다. 하지만 얼마 가지 못하고 그냥 주저앉아 버렸다. 왜 그런지는 알 수가 없었다. 이끼 위에 누운 한스의 시선은 나무 줄기에서 나무 꼭대기로, 그리고 또다시 푸른 잔디 위로 헤매고 있었다. 이 숲의 공기가 왜 그를 이다지도 피곤하게 만드는 걸까!*

---

* 헤르만 헤세, 『수레바퀴 아래서』, 김이섭 옮김, 민음사, 2009.

형이 왜 이 구절에 형광펜을 그어놓은 것인지 조금은 이해가 되었다. 그렇다고 죽음마저 이해가 가는 건 아니었다. 형은 어리석은 선택을 했다. 3분 먼저 나온 형이랍시고 그동안 형이라 불러줬던 게 억울하기까지 했다.

'그렇게 먼저 가니 좋냐? 좋아? 좁아터진 곳에 있으니까 좋냐고! 병신아! 넌 이제 자전거도 탈 수 없고 농구도 할 수 없어. 더구나 나랑 축구도 할 수 없고, 네 물건들 이제 다 내 거야! 너랑 죽기 살기로 싸울 필요 없다고!'

마음 깊숙한 곳에서 슬픔 대신 치밀어 오르는 분노가 그렇게 말하고 있었다. 납골당 안에 넣어두었던 책을 다시 꺼냈다. 나는 그 책을 아직 읽지 못했다. 책을 통해서라도 형을 더 알아야겠다는 생각이 들었다. 돌이켜보면 내가 아는 형은 절대 자살을 할 사람이 아니었다. 그날 내가 좀 더 일찍 집에 도착했다면 형의 죽음을 막을 수 있었을까. 형의 죽음으로 생긴 후유증은 생각보다 오래갔다.

7

엄마는 결혼한 지 15년 만에 아이를 가졌다. 믿어지지 않을 만큼 노산이었다. 계획된 임신이 아닌 느닷없는 임신이었다.

늦은 임신에 엄마는 당황했다. 오랫동안 불임이어서 사실상 포기하고 있었다. 더 놀라운 것은 초음파로 본 영상에서 나 말고도 또 한 명의 태아가 있다는 사실이었다. 엄마는 운 좋게도 쌍둥이를 임신했다. 엄마는 불임의 긴 시간을 보상받는 것처럼 보였으나 고민도 그만큼 깊었다. 마흔이 넘은 나이에 쌍둥이를 출산한다는 것은 모험이었다. 가톨릭 신자인 엄마의 갈등은 깊었으나 그 갈등을 잠재운 사람은 정말 의외의 인물이었다.

엄마는 정기검진을 받는 병원 대기실에서 우연히 낯선 아줌마를 만났다. 그 아줌마는 엄마의 배를 유심히 보더니 한마디 말을 건넸다.

"배를 보니 쌍태아네. 그것도 사내애들일세."

진료실에 들어가기 전에 이미 모든 걸 예지력으로 맞춰버린 것이다. 낯선 곳에서 만난 두 사람은 이것이 인연이 되어 서로 전화번호를 교환했다. 엄마는 가톨릭 신자였지만 아줌마의 남다른 예지력에 자신도 모르게 끌렸다. 그 아줌마가 바로 대종 이모다.

대종 이모는 대종교를 믿는 사람으로, 평생 쉬지 않고 수행을 해왔다. 대종 이모는 삼법 수행의 경지에 있는 분이라며 도인 한 분을 소개했다. 엄마는 대종 이모의 심오한 기운에 이끌려 그를 못 만날 이유가 없었다. 엄마는 도인이 지낸다는 수행실을 찾아 향을 피우고 기도를 올렸다. 쌍둥이들의 무사 분만과 건강을 빌었다. 엄마의 기도가 끝나자 도인은 지팡이를 들고 수행실에서 나와 하늘을 향해 알 수 없는 몸짓을 했다.

도인은 키가 작고 호리호리한 체구를 가지고 있었다. 도인은 엄마의 배를 오랫동안 바라보며 심상치 않은 표정을 지었다. 잠시 후 탁자 위에 놓인 작은 상자에서 태극기를 꺼내 엄마의 배에 덮어주었다. 엄마는 태극기가 배를 덮자 눈을 지그시 감으며 두 손을 모았다. 잠시 후 도인은 처음으로 입을 열었다.

"태아의 기운이 민족의 정기를 이어받은 큰 인물일세. 훗날 그 태아들은 나라를 쥐락펴락할 인물들이 될 것이니 공들여 키워야 하네. 한 가지 걸리는 건 엄마와 인연 복이 좀 약한 게……. 특히 그중 한 사내아이의 기운이 엄마와 많이 부딪쳐서 곤란을 겪을 수도 있네. 그러니 기도 많이 하게나. 고비만 넘기면 나라에 큰 업을 남길 걸세."

도인의 말이 끝날 때까지 엄마는 놀라우리만치 침착함을 유지하며 무릎을 꿇고 큰절을 했다. 그리고 도인은 대종 이모를 쌍둥이의 대모로 정하고 육아를 도와줄 것을 주문했다. 도인은 대종 이모의 기도가 한 아이의 운명을 바꾸게 할지 모른다는 말도 남겼다. 엄마는 그 도인의 말을 가슴에 새기겠다고 했다.

엄마는 그날부터 태교를 시작했다. 건강한 아이를 낳기 위해 도서관에서 태교와 관련한 책을 모두 읽으며 열 달 교육을 시작했다. 문어나 오징어같이 뼈가 없는 고기는 먹지 않았다. 등뼈가 없는 아이가 나올까 염려해서다. 근거 없는 말이지만 엄마는 모든 걸 조심하고 또 조심했다. 거실과 방에는 숯을 병에 꽂아 나쁜 세균을 물리치게 했다. 공기 정화 식물과 공기 청정기를 24시간 가동했다. 태명으로 우리는 '뺑이'라는 아명을 가졌다. 뺑이라는 아명에도 이유가 있었다. 한자에 없는 '뺑'이라는 글자를 넣어 귀신이 아예 아이 존재를 알지 못하도록 한다는 의미였다. 뺑이라는 아명은 대종 이모의 제안이었다. 그리고 손끝으로 하는 태교 바느질을 시작했다. 발싸개, 손 싸개, 배내옷들도 다 엄마의 태교 바느질로 만들어졌다. 엄마는 아기가 물고 빨고 놀 수 있는 오가닉 코튼으로 만든 쌍둥이 인형들을 무수히 만들었다. 손끝으로 하는 바느질이 태아의 지능에 영향을 줄 거라는 생각을 했다. 그리고 산모 요가를 마지막 달까지 쉬지 않고 해왔다. 산모 요가는 자연 분만을 수월하게 할 수 있도록 도와준다는 믿음에서였다. 그러나 엄마는 요가 운동에도 불구하고 자연 분만에 실패했다. 나와 형은 수술실에서 3분 차이로 세상에 나왔다.

대종 이모는 우리가 태어나자마자 대모가 되어 우리 집으로 들어왔다. 하루아침에 식구가 되어버린 셈이다. 대종 이모는 평생 혼자 절에서 살아왔다. 우리 집으로 들어오면서 절집 인생도 끝이 났다. 대종 이모가 수행으로 선택한 일은 쌍둥이들을 키우는 일이었다. 생전 고된 일이라는 걸 해본 적 없는 엄마를 대신해 집안 살림과 육아를 맡았고 우리를 위해 기도하는 일도 게을리하지 않았다. 가끔 종교 행사가 있으면 암자에 가서 며칠씩 있다 오곤 했다. 대종 이모는 큰 인물을 거둔다는 사명감으로 쌍둥이를 키웠다.

엄마는 갓 태어난 아기를 다룰 줄 몰라 쩔쩔맸다. 아기가 보채고 울면 달래기 힘들다며 대종 이모에게 떠넘겼다.

"아기는 엄마 손길 느끼며 쑥쑥 크는 건데, 힘들다고 안아주는 거 인색하면 못써."

대종 이모는 엄마에게 육아에 대한 쓴소리도 아끼지 않았다. 쌍둥이들에게 엄마보다 더 정성을 기울였고 자신의 품을 아낌없이 내어줬다. 엄마는 대종 이모와 달리 뇌 활성에 좋다는 식품과 두뇌에 영향을 준다는 클래식 음악을 틀어놓고 책 읽어주는 데 시간을 썼다.

쌍둥이들은 하루가 멀게 병원을 달고 살았다. 엄마는 노산으로 인해 약골인 아기가 될까 봐 노심초사했다. 쌍둥이들의 병치레는 엄마를 유기농 식품과 건강식품에 몰두하게 했다.

우선 엄마는 모든 음식과 음료 하나까지 유기농으로만 골라 먹였다. 미국에 있는 유기농 재료로만 만든다는 천연 비타

민을 공수했고, 물도 수소수만 고집을 했다. 수소수가 몸 안의 활성산소를 제거해준다는 일본인 친구의 말을 믿고 일본에서 가장 많이 팔렸다는 수소수 정수기를 공수해왔다. 또 3개월에 한 번씩 병원에 가서 두뇌 활성 주사라는 수액을 맞았다. 비싼 돈이지만 뇌혈관 순환에 좋다고 해서 이 동네 아이들은 종종 맞곤 했다. 엄마는 노산으로 태어난 쌍둥이들의 약한 면역력을 유기농 식품이나 비싼 주사들이 강하게 만들어줄 것이라고 믿었다.

우리는 24개월 만에 한글을 떼었고 옹알이 없이 바로 말을 했다. 영재들의 특징이기도 했다. 엄마는 우리를 위해 거실을 서재로 꾸몄다. 서재라고는 하지만 실상은 우리 쌍둥이들의 놀이터였다.

8

형이 죽은 후 아침에 눈을 뜨는 게 제일 힘들었다. 중학교 3학년이 끝나가고 있었고 기분은 엉망이었다. 다행히 방학이었고 고등학교 진학을 앞둔 상황이라 별문제는 없었다. 그러나 텅 빈 형의 침대를 바라보는 게 적응되지 않았다. 형의 침대는 일주일 뒤에 방에서 사라졌다. 형이 없다는 게 실감 나지 않았다. 텅 빈 방 안에 고요함이 엄습할 때 형이 죽었다기보다 멀리 여행을 간 것처럼 느껴졌다. 형이 없다는 것은 내마지막 단짝이 사라졌다는 뜻이다.

16년을 함께 살아온 형은 나의 분신이었다. 우린 쌍둥이라늘 사람들의 관심 대상이었다. 우린 이름을 서로 바꾸기도 했고 아이들을 놀리기도 했다. 형과 있으면 무서운 것이 없었다. 학교 따위는 너무 우스웠다. 우리 둘은 언제든 이길 수 있는 게임을 했다. 우린 쌍둥이지만 좋아하는 것과 싫어하는 것이 비슷했다. 주변에 있는 모든 것들은 우리 둘만 있으면 다놀잇감이었다. 길을 가다 분수대가 보이면 누가 먼저랄 것도없이 흥건한 곳을 찾아 텀벙거렸고 백화점에 가면 바닥에 배를 깔고 신나게 미끄럼을 타기도 했다. 엄마가 아파트 베란다창을 열고 학교 운동장 쪽을 향해 이름을 부르면 우리 둘은 누구라고 할 것도 없이 경비실로 숨기도 했다.

그런 형이 떠난 이후 그 어떤 것도 나를 즐겁게 하지 못했다. 형이 없는 지금, 알고 보면 내겐 더 좋은 게 많았다. 일단내 방을 혼자 쓸 수 있었고 으르렁댈 일이 없어졌다. 둘이 먹을 걸 갖고 다투는 일도 없어졌다. 그러나 즐겁지 않았다. 꽤많은 시간이 흘렀고, 말 그대로 형의 실체는 희미해졌다. 엄마는 형이 사라졌는데도 같은 말을 반복했다. 내 현실은 바뀌지 않았다.

형이 없는 세상은 한시도 상상할 수 없었다. 여전히 내 방에는 형의 흔적들이 곳곳에 남아 있었다. 방 안에 있는 교과서가 다 꼴 보기 싫었다. 엄마와 함께 만들어나갔던 저 메달, 트로피, 상장들도 다 혐오스러웠다. 저런 것들은 애초부터 내가 하고 싶었던 것들이 아니었다. 훈장처럼 걸린 상장과 트로피들이 유령처럼 보였다.

형이 사라진 후 '도대체 난 누구지?'라는 의문이 생겼다. 내 주변이 모두 변해버린 느낌이다. 형이 꼭 여행을 떠난 것만 같았다. 내 눈에는 가끔 여행을 떠난 형이 보이기도 했다.

눈처럼 하얀 소금사막을 형이 걸어가고 있었다. 사막에는 거짓이 없고 폭력이 없고 억압이 없다. 무엇이 옳은 건지 여기서는 판단할 필요가 없다. 붉은 호수, 초록 호수, 하얀 사람도 거기에 있었다. 한때는 심장이 터지도록 달렸을 기차가 지금은 뼈대만 남기고 기차 무덤을 만들었다. 유치한 공룡 인형 하나를 놓고 사진을 찍는 사람이 보인다. 바로 형이다. 형은 유치한 사진 놀이에 빠져 정신이 없다. 잠시 후 소금사막에 온통 회오리가 몰아치더니 형을 덮쳤다. 회오리가 지나간 자리에 형의 모습이 돌로 변해 있었다.

형은 늘 집을 나와 미지의 세계로 떠나고 싶어 했다. 책에서 본 세계를 직접 눈으로 보고 싶어 했다. 어쩌면 형은 자신이 진짜 원하는 게 뭔지 발견하고 싶어서 그 길을 간 게 아닐까 묻고 싶다.

"넌 지금 어떠니?"

형이 내게 이렇게 묻고 있는 것 같았다.

형이 죽은 후 한동안 신경질적이고 가끔은 무기력하기까지 했다. 내게 형은 우상이면서 친구면서 형제였다. 그런 형이 사라지고 난 후 내 감정은 바삭바삭하게 말라갔다. 형의 볼펜 쥔 손가락에 패인 굳은살이 내게도 남아 있다. 형은 일주일에 볼펜을 한 자루씩 썼다. 형이 볼펜을 자주 사용했던 건 펜화를 그리기 위해서였다. 형은 볼펜으로 짧은 선을 이용해 나비를 자주 그렸다. 펜으로 그림을 그릴 때 가장 집중했다. 형은 시험공부를 할 때 머리로 모든 걸 외웠기 때문에 오히려 볼펜이 필요 없었는데 말이다. 또 형은 손톱 살과 주변 살을 뜯는 습관 때문에 손톱과 손가락이 무르지 않는 날이 없었다. 형의 손가락에 박인 굳은살 흔적을 매만졌던 건 바로 영안실에서였다. 죽은 형을 보는데 의외로 아무 감정이 느껴지지 않았다. 형의 손가락을 만지는 것으로 마지막 인사를 대신했다. 형의 손가락은 차갑지도 뜨겁지도 않았다. 나는 지금 이 흔적을 지우고 싶었다. 서랍 속에서 가위를 꺼냈다. 가위로 굳은살을 조심스럽게 잘랐다. 굳은살은 책상 위로 떨어졌다. 형의 기억을 지우는 의식과도 같았다.

수업은 지루했고 대학이라는 목표는 징그러운 파충류처럼

섬뜩했다. 성적이 한 칸 한 칸 올라가야 하는데 형이 떠난 이후 한 칸 한 칸 내려가고 있었다. 내게 꿈이 있냐고 물어보면 딱히 할 말이 없었다. 대신 엄마의 휴대폰에는 여전히 25대 대통령으로 찍혀 있었다. 25대 대통령, 닉네임을 보는 순간 웃음이 터졌다. 과거를 돌아보는 건 우습지만 중학교 때까지 그랬다. 나는 엄마에 의해 내 진짜 능력보다 과대 포장되어 있었다.

9

정신과에서 주는 약을 매일 먹어야 했지만 난 먹지 않았다. 병원 약은 악몽을 꾸지 않게 하는 효능이 있었다. 잠결에 훅 하고 들어오는 꿈은 언제나 내 팔다리를 움직일 수 없게 했다. 그러다 가끔 몸체가 없는 형의 얼굴이 동동 떠다니며 내 주변을 돌았다. 꿈에서 형을 만나기 위해 약을 먹지 않을 때도 있었다. 약을 먹으면 그나마 형을 만날 수조차 없기 때문이다.

꿈속에서 본 형은 가쁜 숨을 몰아쉬기도 했고 깔깔대며 웃기도 했다. 꿈에서 나는 엄마를 매일 죽이고 있었다. 단두대에 엄마의 목이 댕강 떨어지기도 하고 때로는 뜨거운 불에 화

형을 시키기도 했다. 아버지는 언제나 바다 위를 걷고 있었다. 나는 바다를 걷는 아빠가 신기했다. 그런 아빠에게 다가가려고 하면 아빠는 더 빠른 걸음으로 멀어졌다. 파도는 그렇게 아빠를 멀리 보냈다. 그런 바다를 하염없이 바라만 보다가 결국 내 발이 모래사장에 묻혀 꼼짝할 수 없었다. 내 두 발은 누군가에 의해 노끈으로 꽁꽁 묶여 있었다. 멀리서 그런 내 모습을 우두커니 보는 형은 표정이 무거웠다.

　꿈에서 깰 때면 옷이 온통 땀으로 젖어 있기 일쑤였다. 나는 한동안 천장만 멍하니 바라보았다. 꿈에 죽은 사람이 나타나는 건 할 말이 있기 때문이라는 이야기를 들은 적이 있다. 형이 내게 하고 싶은 말을 듣지 못해 안타까웠다.

　형의 장례가 끝나고 나는 다시 등교를 했다. 형의 죽음 때문에 학교는 술렁였다. 형이 있는 반으로 들어서자 형 책상 위에 아이들이 가져다 놓은 흰 국화 몇 송이가 덩그러니 놓여 있었다. 최소한의 예의로 보였다. 선생님의 입에서 나온 말이라 누군가를 입단속을 시키거나 할 수는 없었다. 아이들이 나를 보며 수군거렸다. 나는 눈을 어디에 둬야 할지 몰랐다. 반 아이들의 눈초리가 내 몸에 닿는 듯했다. 그러나 나는 애써 외면했다. 형은 모범생이기는 했으나 늘 외톨이였다. 형은 친구들과 공감할 수 있는 일들이 별로 없었기 때문이다. 형이 좋아하는 주제는 친구들에게는 이상한 취향이 되곤 했다. 만약 우리가 쌍둥이가 아니었다면 둘 다 외톨이로 지내야만 했을 것이다. 형은 친구들과 있을 때 끊임없이 불안해했고 그 불안이 마치 불덩이처럼 자기를 에워싸는 것 같다고 했다. 친구들과 있을 때도 무리 바깥에서 구경꾼처럼 서 있는 느낌을 지울 수 없었다. 동화될 수 없는 고통은 우리 둘이 짊어져야 할 무게였다.

형은 얼룩말과 같은 존재였다. 얼룩말은 인간이 길들일 수 없는 야생동물이다. 얼룩말의 줄무늬 털은 아프리카 대초원에서 단연 눈부시게 보이는 존재다. 초원의 얼룩말이 다른 동물과 확연히 구분되듯이 형은 확실하게 별난 구석이 있었다. 나는 아이들의 술렁이는 분위기 속에서도 형의 사물함 속 체육복과 교과서들을 빠른 손놀림으로 챙겼다. 반 아이들이 내게 다가오기 전에 이 교실을 벗어나야 했다. 형의 짐들을 다 챙겼을 무렵 내게 말을 걸어오는 녀석이 있었다.

"야, 너 괜찮냐?"

1학년 때 같은 반이었던 애다.

"으음……. 뭐……."

"근데 건휘 왜 자살한 거냐? 혹시 그 일 때문에?"

"몰라, 묻지 마."

"야, 모른다는 게 말이 돼? 쌍둥이면서."

"쌍둥이면 다 알아야 해!"

"한집 살면서 그것도 몰라!"

"몰라! 저리 비켜!"

난 짜증 섞인 말투로 화를 냈다. 반 아이들은 모두 형에 대한 궁금증이 가득 찬 눈초리로 나를 보았다. 잠시라도 더 있다가는 형의 죽음에 대한 질문들이 쏟아져 나올 것 같았다. 이런 반응을 예상했으나 굉장히 피곤한 일이었다. 슬슬 형에게 화가 나기 시작했다.

"잘난 새끼. 그래, 죽어서도 관심받으니 좋냐? 좋아!"

반 아이들의 관심을 한 몸에 받으며 교실 밖으로 나왔다. 누군가 내 어깨를 토닥거렸다. 뒤를 돌아보니 형의 담임이었다.

"선휘야, 형 일은 너무 마음이 아프구나. 건휘가 왜 그런 선택을 했는지 안타까워."

"네……."

"부모님이 많이 힘드실 거야. 네가 이제 형 몫까지 잘해야 한다."

"……네."

선생님이 하시는 말들이 도통 귀에 들어오지 않았다. 형이 불미스러운 일로 죽었으니 이제 네가 아들 노릇 잘하고 부모님을 위로해주라는 뜻 같았다. 선생님들도 내 눈치를 슬슬 보았다. 뭔가 말을 할 듯 말 듯 하며 안타까운 눈빛을 보냈다. 빨리 3학년이 끝나길 기다리는 수밖에 없었다. 3년을 함께 지내

왔던 학교가 갑자기 멀게만 느껴졌다.

10

"선휘야, 뭘 꾸물대니? 아침 먹어야지."

엄마의 비염 섞인 목소리가 방 안을 넘어왔다. 나는 무거운 걸음으로 방에서 나와 냉장고부터 열었다. 음료 칸에서 어제 미리 사둔 콜라를 꺼내 마셨다.

"너 진짜, 아침부터 또 콜라야!"

엄마가 내 등짝을 한 대 후려쳤다. 엄마의 손찌검에 정신이 번쩍 들었다. 식탁에 차려놓은 유기농 우유와 오곡 플레이크를 의미 없이 꾸역꾸역 입에 넣었다. 볼에 담긴 플레이크를 다 비우자 엄마는 기다렸다는 듯이 영양제를 내밀었다. 엄마의 표현을 빌리자면 이 영양제는 홍삼으로 만들어져 피로에 도움이 된다고 했다. 갑자기 영양제가 독약처럼 느껴졌다. 왠지 저 약을 먹으면 심장이 녹을 것 같았다. 엄마는 싫다는 말이 떨어지기가 무섭게 물을 내 입에 들이밀었다.

"입 벌려봐."

나는 입을 꾹 다물었다.

"아 하라고!"

엄마가 날카로운 소리를 지르며 내 입에 붉은색의 영양제를 밀어 넣었다. 나는 엄마의 손가락이 입 속으로 들어오자 손가락을 물어버렸다. 잠시 후 엄마의 비명이 거실을 흔들었다. 나는 내 대응이 마음에 들었다. 자기 아들이 이제는 애가 아니라는 사실을 알게 해야 했다.

"너, 너!"

엄마는 외마디를 반복했다. 나는 침묵으로 대응했다. 위험을 감지한 엄마의 행동은 거기까지였다. 가방을 어깨에 메고 현관문을 나오려는데 뒤에서 엄마의 목소리가 들렸다.

"건휘야!"

엄마 입에서 형 이름이 불쑥 튀어나왔다. 한동안 잊으려고 애썼던 기억이 슬라이드처럼 차르르 쏟아지는 느낌이었다.

"이 사람이 정신이 있는 거야? 얘는 선휘야!"

출근 준비를 하던 아빠가 엄마를 향해 말했다.

"아, 그렇지. 그래, 넌 선휘야. 미안⋯⋯."

엄마는 형이 죽은 후 가끔 내게 형 이름을 불렀다. 그럴 때면 기분이 이상했다. 형이 살아 있을 때는 한 번도 이름을 잘못 부른 적이 없던 엄마였다. 그런 엄마가 내게 형 이름을 부르는 것이 기분이 묘했다.

11

고등학교에 입학한 후 한 달이 지났다. 4월은 참 변덕스러운 날씨다. 내 기분과도 비슷했다. 혼자 학교에 가는 게 어색했다. 텅 빈 운동장에 햇살이 길게 내렸다. 복도 창 쪽으로 걸으며 손가락으로 대학생이라는 글자를 썼다가 지웠다. 고등학교 입학 후 모두는 대학이라는 한 가지 목표만을 위해 달렸다. 그러나 내게는 스무 살, 대학생, 그 단어들이 영원히 올 것같지 않았다.

1교시는 작문 시간이다. 선생님은 자기소개서를 쓰는 것부터 해보자고 했다. 새 학년이 될 때마다 반복되는 자기소개서 쓰기는 제일 하기 싫은 일이다. 아이들에게서 짜증 섞인 불평이 터졌다. 자기소개는 글의 설계도를 8단계로 만들어 쓰도록 했다. 백지를 눈앞에 두고 글을 쓸 때마다 딱히 떠오르는 게없었다. 내게 취미와 특기라는 게 있었나? 취미와 특기도 어쩌면 학교 수행평가를 잘 받기 위해 급조된 것이었다.

"나에 관해서 아는 게 그렇게 없어? 생각 좀 하고 살아라, 짜식아!"

선생님들은 이렇게 다그쳤다. 나에 대해 생각하고 느낄 틈을 공부에 빼앗긴 아이들을 무뇌아 취급했다. 자기소개서를 쓰는 동안 어쩐지 죽어가는 기분이다. 날 소개하고 싶지 않았다. 사실 내가 알고 있는 내가 진짜 나인지조차 모를 때가 많았다. 수업이 끝날 때까지 자기소개서에 한 자의 글도 쓰지 않았다.

1교시가 끝난 후 약을 먹을 시간이었다. 아침마다 약을 넣어주는 엄마의 가방 검사를 피하려면 버리는 수밖에 없었다. 가방에서 약봉지를 꺼내 교실 뒤쪽에 있는 쓰레기통으로 다가갔다. 슬그머니 약봉지를 쓰레기통에 넣으려는 순간 내 손에 든 약봉지를 채가는 손이 있었다.

"너 딱 걸렸어! 약을 쓰레기통에 버리다니……."

누군가 옆에서 소리를 질렀다. 화들짝 놀라 고개를 들어보니 은빈이였다. 은빈은 못 볼 걸 본 사람처럼 날 쏘아보았다. 그뿐 아니라 팔짱까지 낀 채 의기양양했다. 은빈은 몇 번 교실에서 마주친 적은 있어도 말 한 번 안 섞은 사이다.

"김은빈, 신경 꺼. 버릴 만하니까 버리는 거야."

"아닌 거 같은데. 너 어디 아프지? 하긴 맨날 콜라만 마셔대니 안 아프면 이상하지."

"내가 콜라 마시는 거 어떻게 알아?"

"왜 몰라. 네 별명 콜라 몬스터잖아."

"콜라 몬스터?"

"가방에 콜라 잔뜩 넣고 다니는 거 모르는 애들 없어."

은빈은 내 일상을 다 들여다본 아이처럼 호기롭게 말했다.

"다들 할 일도 없네."

나는 불쾌하다는 듯이 말했다. 은빈은 내가 버린 약봉지를 어느새 주워와 내게 내밀었다.

"비싼 돈 주고 지은 약인데 버리지 말고 먹지?"

은빈의 손에 들려 있던 포장된 약을 뺏어 다시 쓰레기통에 버린 후 교실을 나왔다. 진짜 이해 못 할 여자애였다. 남의 사생활에 신경 쓰는 애가 있다니 신기했다. 사람들은 자신에 대해서 안다고 생각하지만 정작 자신을 모를 때가 많다. 가끔 나조차도 낯설 때가 있다. 이 순간 누군가 내게 콜라를 준다면 콱 막혔던 속이 뻥 뚫릴 것 같았다. 안타깝게 지금 가방 속엔 콜라가 없다.

12

"가운데 빈 공간은 어떤 지층인지 다시 살펴봐."

영재 수업은 언제나 어려운 공식과 싸움이었다. 방학 동안 다니던 영재 수업도 다 집어치우고 싶지만 그대로 했다. 결사적으로 수업을 다니고 있는 내 모습이 싫었다. 내가 영재원을 집어치우지 못하는 이유도 엄마와 부딪치기 싫기 때문이다.

토론이 시작되고 아이들은 색연필을 이용해 단면도와 평면도를 입체적으로 그려나갔다. 나는 색칠한 그림을 다시 칼로 오려 조립까지 끝내고 선생님의 조언을 기다렸다.

실험의 진행 과정을 살펴보는 일은 언제나 고민을 거듭해야 하는 고난도 과정이다. 동혁이는 마지막 고난도 문제를 풀고 여유가 있었다. 나는 딱 여기까지였다.

"측면과 정면의 지층 구조를 잘 따져봐야지. 다시 봐. 집중력이 없어 큰일이네."

그렇다. 집중력을 잃은 지 오래다. 형의 자살은 내게 집중력을 잃게 했다. 더구나 여기 모임 아이들은 모두가 물과 기름처럼 겉돌았다. 누구 하나도 찰떡같이 친한 아이들은 없었다. 목적에 의해 모이고 흩어지는 아이들이었다.

나는 커터 칼로 조립한 모형들 위에 칼질을 해댔다. 사각사각 잘려나가는 모형들을 보는 순간 이상한 쾌감이 올라왔다. 수북이 쌓인 모형 조각들 위로 날카로운 칼끝이 꺾이며 그 짓도 끝이 났다. 과학 선생님은 이런 내 모습을 조용히 지켜보았다. 선생님의 한숨 소리가 귀를 물고 늘어졌다. 과목별 과제들을 15개의 주제로 나누어 보고서를 작성하는 일들을 이제는 수행할 수 없었다. 그동안은 선생님이 집안 사정을 봐서 넘어갔다.

형과 어릴 때부터 초등학생 수준으로는 버거운 한국수학올림피아드(KMO) 대비 수학 경시대회 수업을 늦은 밤까지 들어야 했다. 이 지역에서 영재라고 불리는 아이들이 모인 수학팀은 일정 이상 깊이와 스피드를 가지고 있었다. 그 팀에서는 과학과 영어 등 타 과목도 함께 공부해왔다. 사람들은 우리를 '드림팀'이라고 불렀다. 더구나 우리가 쌍둥이라는 사실 때문에 엄마는 더 주목을 받았다.

"한 명도 어려운 영재 코스를 둘이나 보낸다는 게 보통 일이에요."

이런 찬사를 들을 때마다 엄마는 더 고무되었다.

엄마는 쌍둥이들이 언제나 세상 사람들로부터 주목받기를 원했다. 그 덕인지 우리 아파트 단지에서 형과 나를 모르는 사람은 별로 없었다. 그리고 어느 순간 엄마는 자신도 모르게 일명 '돼지 엄마'가 되어갔다.

영재 동아리에 있는 아이들은 의대가 목표인 아이들이 많았다. 경시대회 입상 실적이 중요하기 때문에 잠시도 방심해서는 안 되었다. 나는 형과 드림팀에서 함께한다는 것에 의미를 두었다. 엄마는 정치학을 공부해 세상을 바꿔보는 것도 나쁘지 않다고 했다. 그러려면 좋은 학벌과 인맥이 필요했다. 엄마의 포부는 우리의 의지와는 아무 상관이 없었다.

형은 늘 학교 밖을 동경했다. 초등학교 때 형은 반복되는 지루한 수업을 못 견딜 때면 교실을 탈출해 교문 밖으로 쏜살같이 달아나기 일쑤였다. 형이 사라지면 담임은 즉각 엄마에게 전화를 걸었다. 엄마에게 하는 무언의 항의 같은 거였다. 당신의 아이 때문에 반 분위기가 엉망이 되었음을 엄마에게 알렸다. 엄마는 그런 담임의 태도에 모멸감을 느꼈다. 엄마는 담임의 전화를 받은 후 온 동네를 샅샅이 뒤졌다. 몇 시간을 그렇게 헤매다 형을 찾은 곳은 광장에 있는 지하 서점이었다. 형은 그 넓은 서점 안을 놀이터처럼 돌아다니며 인체 해부학부터 과학 잡지까지 관심 있는 분야를 종일 들여다보곤 했다. 학교에서는 그런 형의 행동을 이해하지 못했다. 형은 항상 위태로웠다. 학교는 규칙이 작동했고 그 규칙은 형의 목을 졸랐다. 형은 자명종이 어떻게 작동하는지 알려면 모든 걸 분해해야 직성이 풀리는 성격이었다. 엄마는 형의 럭비공 같은 성향 때문에 늘 노심초사했다. 그즈음 엄마는 남의 눈을 더 많이 의식했다. 그리고 궁리한 게 성적이라는 권력을 갖는 거였다. 학교 행사와 각종 시험에서 받은 모든 상과 전교 1등이라는 완벽한 성적으로 우리 쌍둥이들의 돌출된 행동을 눈감아줄 수 있는 방어막을 만들어냈다. 그러나 규칙성을 참을 수 있는 형이 아니었다. 엄마는 그럴 때마다 사포질이 잘 된 목봉으로 우리를 제압했다. 대종 이모는 그런 엄마를 타일렀고 인내심을 가지라고 조언했으나 듣지 않았다. 엄마는 대종 이모를 의지하면서도 교육만큼은 한 치 양보도 하지 않았다.

엄마는 병원장 외동딸로 태어나 아쉬운 게 하나 없이 자랐다. 더구나 대학에서는 피아노를 전공하고 대학원에서 교육학을 전공한 엘리트다. 아빠 역시 부장 판사의 아들로 태어났으며, 큰아버지는 대학병원 의사로 재직하고 작은아버지 역시 할아버지를 이어 판사의 길을 가고 있다. 아빠는 경영학을 전공해 현재는 무역업을 하고 있다. 다행히 아빠는 사업에 감각이 있어 성공한 사업가란 소리를 듣고 있다. 아빠는 해외에서 보내는 시간이 많아 늘 얼굴 보기가 어려웠다.

엄마는 쌍둥이를 낳기 전까지 입시 피아노 학원 원장을 했으며 아동 상담에도 관심이 많아 봉사도 꾸준히 했었다. 엄마는 평소 집안의 혈통에 대해 자긍심이 꽤 있었다. 그 자긍심은 사촌들의 입시 결과에서 나타났다. 그들은 소위 '엄친아'이며 상위 1퍼센트 안에 드는 존재들이다. 엄마는 오랜 시간 아이를 갖지 못한 스트레스와 열등감이 있었다. 모든 게 완벽한 엄마에게 신은 한 가지를 허락하지 않았다. 그런데 기적적으로 쌍둥이들이 태어났고 이제 엄마는 준비된 칼을 휘두를 참이었다. 최소한 사촌들과 견줄 수 있는 위대한 사람을 만들고야 말겠다는 포부도 있었다. 다행히 형은 엄마의 엘리트 병을 채워줄 수 있는 충분한 두뇌와 능력이 있었다. 그래서 어려서부터 친구란 공부의 도구 정도로만 여기도록 세뇌했다. 친구를 사귈 수 있는 시간을 허락하지 않았다. 엄마에게 친구는 모두 경쟁자였다. 그러자 차츰 친구들은 멀어졌고 우린 고립된 섬처럼 둘만의 세계에 갇혀 있었다. 그러는 사이 우린 사람들이 이상하게 여길 정도로 관계에 아주 서툴러졌다. 어쩌면 우리 둘에게 관계란 어려서부터 허락받아야 하는 절차 같은 거였는지도 모른다. 그래서 허락을 받는 게 귀찮고 이제는 필요성마저 느끼지 못하는 상태에 빠져버렸다. 누군가 내 물건에 손을 대거나 음식을 나눠 먹는 행위를 바이러스처럼 느껴 비명을 지르는 황당한 일들도 종종 있었다. 그런 행동은 아이들과 친하게 지낼 수 없게 만들었다.

형과 나는 친구들이 우리와 가까이하지 않는 걸 오히려 홀가분하게 생각했다. 내게는 친구보다 형이 더 편했다. 우린 정서적으로 한 몸 같았다.

영재 수업을 마치고 집으로 돌아오는 길에 지우와 마주쳤다. 지우는 중학교 때 논술 과외를 함께했던 애다. 지우는 나를 보자 얼굴이 굳어졌다. 제 갈 길 간다는 식으로 나를 투명인간 취급을 하며 지나갔다. 지우가 날 투명인간 취급하는 이유를 알고 있다.

팀 수업을 하면서 엄마와 지우 엄마의 갈등이 불거졌다. 형과 나는 학교에서 노트 정리를 하지 않았다. 사실 노트 정리를 하는 것처럼 지겨운 일은 없었다. 학교는 수행평가 때문에 노트 정리를 중요하게 여겼다. 우리에게 노트 정리란 쥐약이다. 지우는 꼼꼼한 성격으로 노트 정리를 아주 깔끔하게 잘한다는 사실을 엄마는 알고 있었다. 논술 팀을 만드는 데 성적이 부족한 지우를 끼워주는 대신 지우 엄마는 형과 나의 노트 정리를 도와야 했다. 더구나 엄마가 학교 일을 추진할 때 지우 엄마는 적극적인 행동 대장 역할을 해야만 했다. 엄마는 그 대가로 지우 엄마에게 학원이나 실력 있는 과외 선생님의 정보를 주었다. 그러나 시간이 지나도 지우의 성적은 오르지 않았고 엄마가 소개한 선생님과 지우는 맞지 않았다. 급기야 지우 엄마는 슬슬 엄마를 피하기 시작했고 모둠 수업 때는 지우가 엄마의 눈치까지 봐야 했다. 지우는 언제나 엄마와 눈을 마주치는 걸 두려워했고 쉬는 시간에도 음료수만 홀짝이며 과학 만화를 들여다볼 뿐 말이 없었다. 엄마는 그런 지우의 행동을 마치 큰 문제나 있는 아이처럼 크게 부풀려 수시로 지우 엄마를 괴롭혔다. 그런 일이 잦아지자 언제부턴가 지우 엄마는 전화를 받지 않았다.

　그날도 논술 수업은 집에서 진행했다. 지우는 엄마의 냉랭한 표정을 견디지 못하고 결국 울음을 터뜨리고 말았다. 그것은 토론 대회의 팀을 짜는 문제에서 발생했다. 토론 대회 참가자는 남자 둘 여자 둘이었는데 엄마는 의도적으로 지우 대신 여경이를 염두에 두고 있었다. 지우도 토론만큼은 지지 않고 잘한다는 걸 엄마도 알고 있었다. 그러나 엄마는 이미 상위권 성적에서 멀어진 지우를 팀에 끼운다는 것은 모양새 빠지는 일이라고 판단했다. 그래서 여경이와 이미 팀 구성을 마치고 토론 선생까지 모셔와 밤마다 연습에 돌입하고 있었다. 그 사실로 지우 엄마와 사이가 틀어져버렸다. 엄마는 그 뒤 교묘하게 시간을 변경해 지우를 논술 팀에서 빼버리려고 했다. 지우 대신 여경이를 논술 팀에 넣으려고 논술 선생님과 상의하는 일까지 생기자 논술 선생님은 팀을 해체한다는 선언을 했다. 의외의 결과가 나오자 엄마는 논술 선생님에게 화가 났다. 그리고 논술 선생님에게 전화를 걸었다.

"내게 고용된 선생이 먼저 그만두는 일은 있을 수 없어요. 내가 그만두라고 할 때까지 아이들을 가르쳐요. 만약 따르지 않으면 교육청에 불법 과외로 신고할 거예요."

엄마는 늘 이런 식으로 과외 선생님들을 협박했다. 나는 이런 엄마의 태도에 이미 지쳐 있었다. 엄마는 누구나 쥐고 흔들어 꼼짝 못 하게 만들어야 직성이 풀리는 사람이었다.

그즈음 지우는 학교에서 매일 졸았다. 지우는 선생님의 질문에 엉뚱한 말을 자주 내뱉었다. 하루는 광장에서 우연히 지우를 보게 되었다. 늦은 밤이었지만 광장을 배회하고 있었다. 지우의 표정이 무척 어두웠다.

"너 여기서 뭐해?"

"그냥 집에 가기 싫어서."

"왜?"

"그냥 숨이 막혀. 공부를 안 할 수도 없고."

"너 시험 망쳤니?"

"……."

"말해봐."

"이게 다 너의 엄마 때문이야."

"그게 무슨 말이야?"

"왜 우리 엄마가 너희 노트 정리까지 신경 써야 해? 그것도 모자라 난 매일 너희와 비교당하고 종일 감시당해. 어젠 엄마가 내 성적표를 들고 미친 듯이 날 때렸어. 난 절대 너희를 따라갈 수 없는데…… 다들 미쳤어."

"미안해……. 노트 정리 앞으로 하지 마. 엄마한테 못 하게 말할게. 그리고 이건 내가 할 말은 아니지만 너 여기서 적응하기 힘든 것 같아. 그냥 다시 전학 가라."

"전학이 말처럼 쉽니? 인천에서 이쪽으로 전학 오는 바람에 엄마와 할머니 사이가 틀어졌어. 친가 쪽은 모두 인천에서 모여 사는데 우리만 여기로 이사 온 거야. 엄마는 이제 명절에도 친가에 안 가. 그래서 내가 명문대에 가지 않으면 엄마 역시 설 자리가 없어진다고 했어. 그 덕에 난 새벽 두 시까지 한 시간도 더 걸리는 곳에 가서 수학 과외를 받아. 아빠가 매일 밤 날 데리러 오지만 솔직히 난 잘할 자신이 없어. 엄마는 비싼 선생 쓰면 내 실력이 붙을 거라고 믿어. 조금만 더 하라고 소리 지를 땐 미칠 것 같아. 근데 웃긴 건 뭔지 아니? 엄마의 울음소리 때문에 미칠 수도 없어. 이러다 내가 먼저 죽을 수도 있다는 생각이 들어."

"이 동네 엄마들 다 그러잖아. 잘하면 더 잘하라고 난리, 못하면 못한다고 구박, 만족이 없지."

난 대수롭지 않게 대꾸했다.

"단지 등수 매기기 위해 서열 매기는 거잖아. 우리 사촌 오빠는 공부 잘해서 명문대 갔지만, 대기업 때려치우고 지금 우동 가게 해. 그게 맘 편하대. 사회에 나가면 공부한 거 아무 쓸모도 없는데 낙오자 취급하니까 짜증 나."

지우는 신발로 바닥의 흙을 비벼대며 말했다. 지우는 할 수만 있다면 모든 걸 짓이겨버리고 싶은 아이처럼 보였다. 지우가 아무리 불만을 토해내도 공부할 놈은 다 하는 세상이라는 가벼운 마음이라 크게 개의치 않았다.

그날 밤, 나는 엄마에게 지우 얘기를 꺼냈고 아줌마를 괴롭히지 말라는 말도 덧붙였다. 그러나 엄마는 별일 아니라는 듯 대수롭지 않게 여겼다.

"그건 걔 사정이야. 네가 신경 쓸 거 없어. 그리고 세상에 공

짜가 어디 있어. 내가 지우 전학 오자마자 학원 정보 줘, 논술
팀에 넣어줘……. 이게 다 내 덕 아냐."

엄마는 또 엄마만의 논리로 별일 아니라는 듯 말하곤 했다.

사실 엄마의 별명은 우리 학교 교육부 장관이다. 이런 별명
이 붙게 된 이유는 교장 선생님은 물론이고 학교 행정까지 죄
다 관여하는 엄마의 오지랖 때문이었다. 그만큼 엄마는 자기
뜻대로 모든 일을 좌지우지하는 바람에 엄마들 사이에서 왕
따다. 지우의 노트 정리 문제는 그렇게 쉽게 넘어갈 문제가
아니었다. 당장 학교에 가면 지우를 봐야 하고 그런 말들이
학교에 소문처럼 퍼지는 것도 싫었다. 다행히 그 건은 우리
쌍둥이의 격렬한 저항으로 간신히 일단락 지었다.

13

"황선휘."

담임이 조회 시간에 내 이름을 불렀다. 교탁으로 나가 첫 모
의고사 성적을 확인했다. 아무 생각 없이 봤던 모의고사여서
기대도 없었다. 4개 영역 중 3개 영역은 1등급을 찍었다. 별
감흥이 없었다. 무심히 내 이름 아래쪽으로 눈이 갔다. 김은
빈이라는 이름이 보였다. 은빈의 성적은 썩 좋은 편은 아니었

다. 그중 수학은 9등급이었다. 9등급이란 숫자에 나도 모르게 피식 웃음이 새어 나왔다. 저런 성적이 어떻게 나올 수 있는지 신기했다. 그냥 찍어도 나올 수 없는 숫자였다. 9등급은 수능 포기자의 성적이었다. 처음부터 과감히 수학을 포기한 아이일까. 만약 그렇다면 용기 있는 등급이다. 성적 확인이 끝난 후 담임은 갑자기 내 이름을 불렀다. 나는 자리에서 천천히 일어났다.

"우리 반 1등이다. 얼굴이나 잘 봐둬라."

아이들이 웅성거리는 소리가 들렸다. 첫 모의고사 시험에 1등이라니 믿어지지 않았다. 반 아이들의 시선이 모두 내게 쏠렸다. 담임은 날 추켜세웠다. 형이 살아 있을 때 나와 형은 늘 같은 반으로 배정이 되었다. 단 한 번도 형을 이겨본 적이 없어 1등이라는 숫자가 내 것 같지 않았다. 나는 언제나 2등이 더 편했다. 1등이라는 사실 자체가 형이 세상에 없다는 것을 확인시켜준 것 같아 기분이 묘했다.

쉬는 시간에 형이 아끼던 『수레바퀴 아래서』를 가방에서 꺼냈다. 책 표지에 헤르만 헤세라는 작가 이름과 함께 자전적 소설이라는 단어도 보였다. 수레바퀴란 상징적 의미가 어둡게 느껴졌다. 책장을 몇 장 넘기자 형이 밑줄을 그은 문장이 눈에 띄었다.

지치면 안 돼. 그러면 수레바퀴에 깔리게 될지도 모르
니까.

이 문장을 읽으며 형을 짓눌렀던 무게를 조금씩 느낄 수 있
었다.

어느 날, 엄마는 느닷없이 나와 형에게 옥으로 만든 반지를
손가락에 끼워주었다.

"이 반지는 절대 손에서 빼서는 안 돼. 알겠지?"

형과 내 손가락에 무턱대고 끼워주었던 옥 반지. 사내애들
에게 옥 반지는 어울리지 않았다. 그리고 손가락에 낀 굵은
옥 반지는 신경을 거슬리게 했다. 아이들의 놀림도 부끄러웠
다. 형과 나는 학교에 가기 전에 슬그머니 옥 반지를 책상 위
에 올려두고 나가거나 호주머니에 숨기기도 했다.

옥 반지를 잃어버리는 데는 한 달이 채 걸리지 않았다. 그
일로 인해 엄마와 우리는 급속도로 사이가 나빠졌고 그것으
로 멈추지 않았다. 느닷없이 작명소에서 새로 지어온 이름으
로 바꾸어 부르는가 하면 유명한 철학원에 우리의 생년월일
을 넣어 미래를 점쳐보기도 했다. 엄마는 늘 무엇에 쫓기는
사람처럼 불안해했다.

그 일뿐만이 아니다. 하루는 기 치료 선생이라는 사람이 집

에 와 있었다. 그는 무작정 우리를 침대에 눕히고 치료랍시고 온갖 해괴한 동작들을 시켰다. 마치 귀신을 부르기라도 하는 듯 보였다. 기 치료가 끝날 때까지 우리는 아주 지루하고 끔찍한 시간을 보냈다. 그 사람 말로는 몸의 신진대사를 원활히 하고 탁한 기운을 내쫓는 치료라고 했다. 그러나 시간이 지나도 기 치료의 효험은 발휘하지 못했다.

14

"집에 성수대를 둬야겠다."

성당에 다녀온 엄마의 첫마디였다. 성수대를 집에다 두겠다는 의미를 알고 있었다.

"성수대를 집에다 두는 집은 없어."

"남들하고 같을 필요가 있니?"

성당에서 세례를 받던 날도 그랬다. 엄마는 복사단 봉사를 하면 은총이 깊어진다는 신부님의 말을 듣고 우리에게 상의조차 없이 수락했다. 그때 형과 나는 완강히 거부했지만 우리를 지배하려는 엄마는 포기하지 않았다.

성당 입구에나 둘 법한 성수대를 집 안으로 끌어들여 기도를 빌미로 날 압박하겠다는 뜻이다. 성수 기도를 드리는 엄마의 모습을 어떤 식으로 받아들여야 할까. 내게는 동맹군이 없었다. 형은 죽었고 대종 이모는 사라졌다. 아빠는 무관심했다.

"그리고 네 통장에 모아둔 돈 좀 이체할래?"

엄마는 거실 책장을 정리하며 말했다.

"돈은 왜?"

"아프리카 우물 파기 후원 계좌에 넣으려고 해. 형이 남겨둔 돈은 이미 후원했어."

"이제 우물 기증은 안 할 거야."

"매년 해왔던 거잖아."

"지금까지 엄마가 시켜서 했지만 이젠 하고 싶지 않아."

"이게 얼마나 중요한 건지 알아? 네가 나중에 커서 아프리카에 갔을 때 우물에 네 이름이 박혀 있는 거 보면 얼마나 흐뭇해. 그리고 이런 후원도 스펙에 도움이 되고."

"내가 진짜 원할 때 할 거야. 엄마 때문에 의무적으로 하는 건 싫어."

"너 진짜 이렇게 삐딱하게 굴 거야! 이게 얼마나 큰 스펙인 줄 알아!"

"봉사를 스펙으로 만드는 거 그만할래!"

"지금 와서 멈출 순 없어. 지금까지 투자한 게 얼만데……."

"이게 비즈니스야? 내가 무슨 기업이냐고!"

"쓸모 있는 사람 되라는 얘기야. 아프리카에 우물 후원하는 게 얼마나 좋은 일이야. 꾸준히 하다 보면 네가 큰일을 했을 때 더 빛이 날 거야."

"엄마 이름으로 기증해. 그럼 되겠네. 엄마가 괜찮은 사람이 되라고!"

"그걸 말이라고! 형은 실패했지만……. 넌…… 날 실망시키면 안 돼."

엄마의 그 말이 너무 부당하다는 생각이 들었다.

아프리카 우물 후원은 나와 형의 세례식이 끝난 후 엄마의 입에서 튀어나온 말이었다.

"너희 이름을 아프리카에 새긴다는 건 아주 신비스러운 일이야. 나눌수록 은총도 커지는 법이지. 안 그래요? 보좌 신부님."

엄마의 신앙은 굉장히 이기적이었다. 나와 형은 매년 어른들이 주시는 용돈과 세뱃돈을 모아 그 돈을 기부했다. 그런데 이제 그마저도 가식적인 행위 같아 보여 집어치우고 싶었다. 우물 파기에 후원하는 일이 철저하게 계산된 엄마의 계획 같아 토악질이 날 지경이다.

"네가 싫어도 할 수 없어! 네 돈 아니어도 얼마든지 후원할 방법이 있지. 넌 미성년자잖아. 그 돈도 엄마랑 관련된 돈이야."

엄마는 내 말을 철저히 무시했다. 엄마는 들고 있던 휴대폰 위에서 손가락을 빠르게 움직였다. 아마도 후원 계좌로 이

체하려는 행동으로 보였다. 나는 엄마의 손에서 휴대폰을 낚아채려고 손을 뻗었다. 엄마는 휴대폰을 뺏기지 않으려고 몸부림을 쳤다. 내가 싫어하는 일들을 엄마는 거침없이 하고 있다. 나는 겨우 휴대폰을 뺏어 바닥에 내동댕이쳤다.

"이 집에서 네 건 하나도 없어!"

"제발 그만!"

나도 모르게 화가 치밀었고 분노가 폭발했다. 그 순간 엄마의 등을 거실 바닥으로 밀어버렸다. 엄마는 거실 바닥에 보기 좋게 나동그라졌다. 엄마는 잠시 작은 신음 소리를 냈다. 내 속의 폭력성이 거침없이 튀어나왔다. 설명할 수 없는 기분이지만 이상한 건 엄마에게 죄책감이 없었다. 이보다 망가진 엄마와 아들 관계는 세상에 없을 듯했다. 남들이 우리 가족을 보면 뭐라고 할까? 가식 덩어리, 위선적인 가족. 그들이 알고 있는 모습은 껍질에 불과했다. 이런 말도 안 되는 몸부림은 사실 오늘이 처음은 아니다.

초등학교 고학년 때부터 징조가 있었다. 사춘기 소년들의 몸이란 하루가 다르게 쑥쑥 자랐다. 엄마는 우리의 몸이 자라고 있다는 사실을 잊을 때가 많았다. 형과 몸싸움으로 방문 문고리가 부서졌고 벽이 꺼졌고 엄마의 다리가 골절상을 입기도 했다. 엄마는 가끔 프로레슬링 선수처럼 발길질을 해대며 우리를 잡으려고 안간힘을 썼다. 한마디로 두더지 게임 같왔다. 우리 안에 튀어 오르는 용수철 같은 두더지를 뿅망치로 찍어 누르는 엄마는 이때부터 더 잃을 게 없는 사람으로 변했다. 세상을 오로지 경계의 눈으로만 바라보았다. 집에 오는 과외 선생님의 신상조차 입 밖으로 내면 안 됐다. 심지어 집에서 먹는 유기농 식품의 명칭이나 영양제의 제조 회사조차 친구들에게 입을 다물어야 했다. 엄마에게는 모든 게 비밀이고 경쟁이고 의심의 눈초리였다. 형과 나는 어려서부터 집에서 일어나는 일에 대해 입 다물 것을 세뇌당했다. 매일 밤 소동은 일상이 되었다. 대종 이모는 난투극이 일어날 때면 그 작은 몸으로 말려 보았지만 막을 수 없었다. 그로 인해 대종 이모는 온몸에 찰과상을 입었고 엄마에게는 못 들을 욕을 들어야 했다. 이런 끔찍한 일들이 밤마다 일어나고 있으리라고는 그 누구도 예상치 못했다.

15

광장은 언제나 사람들로 인해 복잡했다. 백화점과 주상 복합 아파트가 한데 모여 있어 근방 사람들은 늘 이곳으로 몰려와 붐볐다. 특히 영화관과 대형 서점이 나란히 있어 문화적인 공간이 되기도 했다. 큰길 건너편으로 다리가 있고 그 아래로 물이 흐르는 강이 있어 한강으로 자전거를 타러 나가는 사람들이 많았다. 내가 사는 아파트 역시 광장을 전면으로 끼고 있어 늘 북적였다. 마음을 끄는 것은 광장 뒤쪽으로 흐르는 천변이었다.

카페테리아에서 사람들은 떠들고 웃었다. 광장에서는 사람들이 벤치에 걸터앉아 평화롭게 지나가는 사람들을 말없이 바라보았다. 시끌벅적한 광장 가운데서 밤하늘을 보았다. 하늘은 곧 비가 올 것 같았다. 광장에 서 있다 보면 무중력의 세계에 와 있는 느낌이 든다. 머릿속의 복잡한 생각들도 사라진다. 좀 전에 엄마와의 한바탕 소란으로 답답했던 가슴이 조금 후련해졌다. 내가 집을 뛰쳐나오지 않았다면 누군가 병원 신세를 져야 했을 것이다. 엄마는 누구도 말릴 수 없는 불도저 같은 사람이다. 엄마의 간섭 밖에서 무얼 하기란 거의 불가능했다. 나쁜 엄마들에게 나타나는 징조다. 호주머니에 넣어둔 휴대폰 진동이 울렸다. 엄마다. 엄마에게 온 전화는 끔찍했다. 나는 휴대폰을 잠시 꺼두었다.

아이들이 하늘 위로 야광 장난감을 쏘아 올렸다. 야광 장난감은 하늘 위를 뱅뱅 돌다가 툭 소리를 내며 땅에 떨어졌다. 해맑은 아이들은 야광 장난감이 떨어진 곳으로 몰려들었다. 그 모습이 귀여워 나도 모르게 씩 웃고 말았다. 내 기억에 일곱 살이란 나이가 있었던가? 아무리 떠올리려 해도 기억이 나지 않았다. 아이들도 광장을 떠나고 저 멀리서 아빠의 얼굴이 희미하게 보였다.

아빠는 늘 사업에 쫓겨 늦은 시간에 귀가하거나 해외 출장이 잦았다. 가끔 빠른 귀가를 해도 집에 들어올 수는 없었다. 그런 날은 늦은 시간까지 광장을 배회하는 일이 습관처럼 되어버렸다. 나는 아빠와 눈이 마주칠까 봐 애써 시선을 다른 곳으로 돌렸다.

우리 집 거실은 저녁 시간이면 언제나 과외 모둠 친구들 차지였다. 아빠가 늦은 밤까지 집에 들어오지 못하는 이유다. 아빠는 광장이나 영화관에서 시간을 보냈다. 형이 죽은 후에도 아빠의 습관은 변하지 않았다. 가끔 광장 벤치에 앉아 형 또래 아이들을 우두커니 바라보거나 광장 주위를 맴돌다 집에 들어오곤 했다.

아빠는 우리 형제에 대한 교육을 전적으로 엄마에게 맡겼다. 아빠는 돈 버는 일에 충실하면 자신의 역할이 끝난 거라고 여겼고 어떤 순간이라도 참고 끼어들지 않는 게 최선이라 여겼다. 다행히 광장에는 기웃거릴 곳이 많았다. 아빠는 편의점 바깥에 놓인 파라솔 의자에 앉아 길을 걷는 행인을 보며 맥주 캔을 홀짝거렸다. 아빠의 인생에는 돈 버는 일 외에는 아무것도 없어 보였다. 아빠는 언제나 허수아비였다. 나는 그런 아빠에게 눈길을 주지 않았다.

광장 모퉁이 끝에 백구 두 마리가 보였다. 개들은 반경 일 미터도 되지 않는 짧은 목줄에 묶여 한 걸음도 움직일 수 없는 상태였다. 개들의 주인은 과일 노점상을 하는 아저씨였다. 아저씨는 늦은 시간에도 행인들에게 남은 과일을 다 팔고 가기 위해 움직일 기미도 보이지 않았다. 자정 가까이 되어야 노점을 정리하는 게 일상이다. 백구는 살이 쪄 목이 어디인지 알 수 없을 정도로 비만했다. 개들이 목이 쉬도록 건조하게 짖을 때마다 아저씨는 간식을 던져주었다. 개들은 살이 쪄 배가 땅에 닿을 것만 같았다. 늦은 밤까지 개들은 그렇게 묶여 있었다. 광장을 지나는 사람들은 개가 학대를 당하는 것 아니냐며 한마디씩 우려의 말을 하곤 했다. 그러나 아저씨는 언제나 잘 돌보고 있다는 말만 반복했다.

　지난겨울은 영하 10도로 내려가는 날이 많았다. 추운 날에도 개들은 건물 모퉁이에 묶여 있었다. 개들은 낯선 사람들을 보면 두려움 때문인지 자주 짖었다. 그럴 때마다 아저씨는 나무 막대기를 한 번씩 휘두르며 개를 위협했다. 개들은 주인이 휘두르는 나무 막대기에 가끔 꼬리를 흔들며 애처로운 눈빛을 보내기도 했다. 광장의 골바람은 이 동네에서 유명했다. 높은 빌딩 숲 사이로 불어오는 겨울바람을 맞으면 뼛속까지 얼어붙을 것 같았다. 개들은 두려움과 추위 때문에 바들바들 떨었다. 이대로 놔두면 개가 곧 얼어 죽을 것만 같았다. 나는 보다 못해 용기를 내어 아저씨에게 다가갔다.

"아저씨, 목줄을 짧게 묶어두면 개가 스트레스받아 빨리 죽어요."

"그런 걱정 안 해도 돼. 때 되면 밥도 주고 산책도 시키니까 네가 염려 안 해도 돼."

"개들이 너무 힘들어 보여요. 집에 풀어두면 어때요?"

"맘이 불안해서 안 돼. 내 눈앞에 보여야 맘이 놓이지."

아저씨만의 개를 위하는 방법이었다. 아저씨는 과일을 바구니에 담느라 내 말은 들으려 하지 않았다. 개들을 저 짧은 목줄에 묶어 종일 보내도록 하는 것은 단지 숨만 쉬라는 것 같았다. 개들을 보고 있으면 가슴이 답답해 견딜 수 없었다.

나는 다시 천변 쪽으로 자전거 페달을 힘차게 밟았다. 천변의 도로는 늘 형과 함께 자전거를 타던 장소다. 자전거 페달을 밟을 때면 가슴속에 숨어 있던 불덩이가 밖으로 훅 하고 터져 나오는 것만 같았다. 밤바람이 엄마와의 격렬한 싸움으로 무거워진 기분을 날려주었다. 한참을 달리다 보니 다리 밑으로 농구대가 보였다. 자전거를 농구대 옆에 두고 매달아놓은 농구공을 꺼내 살살 바닥에 튀겼다. 탕, 탕, 탕, 농구공이 땅에서 튀어 오르는 소리를 오랜만에 듣는다. 나는 농구대를 올려다보며 덩크 슛을 시도했다. 무거운 몸으로 덩크 슛을 하기에는 역부족이었다. 형이 죽은 이후 농구를 하지 않았다. 우리 형제에게 농구는 숨을 쉴 수 있게 하는 통로였다.

　나와 형은 어릴 때부터 공을 가지고 노는 것을 아주 좋아했다. 농구, 축구, 야구, 탁구 등 모든 운동 경기를 좋아했던 건 내 몸이 원하기 때문이었다. 운동할 때가 이 세상에서 제일 행복했다. 운동하는 시간만이 두뇌가 쉴 수 있는 유일한 시간이었다. 무거웠던 몸이 땀으로 범벅이 되고 나면 개운했다. 억눌렸던 감정이 해소된 느낌이었다. 운동이 좋은 이유는 셀 수 없이 많았다.

　경기장에서 들리는 심판의 호각 소리, 수많은 관중, 땀방울……. 운동하는 동안에는 감정을 마음껏 드러내도 아무도 신경 쓰지 않았다. 스포츠에는 진실이 있었다. 승패를 서로 인정하고, 반칙을 하면 그에 맞는 벌칙을 받는다. 그런 원칙들이 경기장을 살아 움직이게 했다. 나는 실험실이나 남의 죄를 판단해주는 법원, 환자와 매일 마주하는 수술실 같은 좁은 틀 안에 나를 가두고 싶지 않았다. 생활체육을 전공하는 것도 나쁘지 않겠다는 생각을 그즈음 처음으로 하게 되었다.

　엄마는 내게 농구공 대신 수학 교재를 주었다.

　"농구는 취미로 해."

　엄마는 그 말을 수없이 반복했다. '하지 마'란 말이 반복될 때마다 내 몸이 운동을 간절히 원했다. 엄마 몰래 농구를 하다 들키는 날도 있었다. 그러자 엄마는 농구공과 축구공을 가

위로 잘라 쓰레기통에 던져버렸다. 조각조각 난도질된 공 조각을 발견할 때면 내 몸의 한 부분이 잘리는 심정이었다.

코트 중앙에 서서 골대를 향해 슛을 던졌다. 공은 불완전하게 공중을 빙그르르 돌더니 바스켓을 건드리며 코트 밖으로 떨어졌다. 열 번을 넘게 반복해봤지만 공은 바스켓 안으로 들어가지 못하고 튕겨 나왔다. 불완전한 슛이었다. 그때 몇 명의 아이들이 농구공을 들고 내 쪽으로 다가왔다. 나는 그들의 무리를 보자 조용히 코트를 빠져나왔다.

16

자전거를 타고 한참을 달리자 천변 둔치가 보였다. 도로 옆으로 개천의 물이 흘렀다.

"야, 황선휘!"

누군가 내 이름을 부르는 소리가 들렸다. 뒤를 힐긋 돌아보니 어둠 속에서 은빈의 얼굴이 희미하게 보였다. 은빈은 어느새 자전거를 내 옆으로 바짝 들이밀었다. 은빈을 이런 곳에서 만나게 될 줄은 몰랐다. 나는 조금 당황했다.

"어, 어……. 그래."

나는 말까지 더듬으며 대답했다.

"너도 여기서 자전거 타는구나."

"가끔."

"약은 아직도 버리니?"

"약? 넌 뭐가 그리 궁금하냐?"

난 은빈의 질문이 귀찮아 퉁명스럽게 대답했다. 약을 버린 걸 은빈에게 들켜버린 탓인지 말이 곱지 않았다. 은빈이가 그 뒤에도 뭐라고 말을 걸었지만 무시하고 그냥 페달을 힘차게 밟으며 앞으로 달렸다.

"야! 황선휘!"

뒤에서 은빈이 또다시 내 이름을 부르며 따라왔다.

"선휘야! 같이 가!"

은빈은 포기할 줄을 몰랐다. 은빈이 내 뒤를 바짝 붙을수록 더 힘껏 페달을 밟았다. 그때 뒤에서 둔탁한 소리와 함께 비명이 들렸다.

"아아악!"

뒤를 돌아보니 자전거와 함께 은빈이 도로 옆으로 쓰러져 있었다. 나를 바짝 뒤쫓다 생긴 사고여서 모르는 척할 수가 없었다. 자전거를 멈추고 은빈이 쓰러진 쪽으로 황급히 다가 갔다.

"야, 괜찮아?"

"으으으……. 선휘야, 다리가…… 다리가."

은빈의 무릎 살갗이 까여 피멍울이 송골송골 맺힌 게 보였다.

"그러니까 왜 무리해서 따라오고 난리야!"

나 때문에 넘어진 은빈에게 화가 나 소리부터 질렀다.

"왜 소릴 질러? 네가 갑자기 도망가니까 약 올라서 따라간 건데!"

은빈도 지지 않고 대꾸했다.

"도망가긴 누가 도망가?"

"네가 날 피했잖아."

"피하긴 누가?"

"너랑 약 문제로 다툴 때부터 넌 날 무시했어."

"무시? 누가?"

"누군 누구야, 너지. 공부 좀 한다고 잘난 척 그만해!"

"잘난 척? 내가? 그냥 말하기 싫어서 그런 거야."

"진짜 여기서 널 보게 될 줄 몰랐어. 그냥 반가웠고. 근데 넌 도망가기 바빴잖아. 그게 무시야."

"그건…… 미안하게 됐다."

"말로만 미안하면 다야?"

"그럼?"

"앞으로 내 다리 나을 때까지 도망가지 마."

"누가 도망가? 나 때문에 다쳤으니까 봐준다. 일어나봐."

은빈에게 사과의 의미로 손을 내밀어 일으켜 세웠다. 은빈은 간신히 바닥에서 일어나긴 했으나 무릎이 아픈 듯 얼굴을 찡그렸다.

"너 자전거 타고 집에 가긴 틀린 것 같다."

"그러게. 그냥 끌고 가자."

은빈과 나는 자전거를 손으로 끌고 느릿느릿 걸었다.

천변을 따라 쭉 서 있는 벚꽃이 꼭 터널 같았다. 하천 주변의 야경이 어둠을 환하게 밝혔다. 은빈은 다리를 절뚝거리며 느릿느릿 걸었다. 우린 한동안 말없이 앞만 보며 걸었다. 여자애랑 이렇게 단둘이 걸어본 적이 없었다. 늘 형과 함께 달렸던 자전거도로를 우연히 마주친 여자애랑 걷고 있다는 게 어색했다.

"입학식 날, 너를 처음 봤어. 우연히 네가 약을 먹는 걸 봤고…….."

은빈이 먼저 입을 열었다.

"지난번에 네가 약 버리는 걸 보고 아프다는 걸 알았어. 나도 예전에 약을 버린 적이 있었거든. 그래서 널 조금은 이해해. 근데 난 계속 버리진 않았어. 약을 안 먹으면 너무 힘드니까. 약이 필요할 땐 거부하면 안 된다는 생각이야."

"꼭 엄마 같은 소리만 하네. 엄마는 한 명이면 족해. 그러니까 잔소리 그만해. 네가 알고 있는 게 다는 아니니까."

"그래, 난 널 잘 몰라. 그래도 사람에게는 직감이란 게 있어. 넌 어딘가 아프고 말할 수 없는 뭔가가 있는 거야. 네 눈이 그렇게 말하고 있어."

"너 아무래도 광장에 자리 하나 깔아야겠다."

얼마를 그렇게 걷자 아파트 앞 광장이 보였다. 은빈과 집 방향이 같다는 사실을 광장이 보일 즈음 깨달았다.

"너도 집이 이 근처니?"

"나 너랑 같은 단지야."

"어, 그래?"

"네가 자전거 타고 학교 가는 거 봤거든."

"스토커 맞네. 난 널 못 봤는데……."

"나 너한테 관심이 많잖아."

은빈이 환하게 웃으며 말했다.

"야, 농담 그만해라."

"농담 못하거든!"

은빈의 말이 농담이든 아니든 기분이 나쁘지는 않았다.

광장 앞 편의점이 보였다.

"목마르지. 편의점에 잠깐 들렀다 가자."

갈증이 목을 타고 올라왔다. 은빈과 걷는 동안에는 콜라 생각이 나지 않았다. 목이 타는 듯한 갈증도 별로 없었다. 그러나 집에 가까이 오자 갈증이 심하게 올라와 참을 수 없었다.

편의점에서 콜라를 샀다. 은빈은 콜라 대신 주스를 골랐다. 우리는 편의점 앞 간이 의자에 나란히 앉았다. 나는 콜라병 뚜껑을 열고 페트병째 입에 대고 마셨다. 콜라의 목 넘김이 톡 쏘면서 막혔던 속을 뚫어주었다. 은빈이 주스를 한 모금 마시더니 이내 신기하다는 듯이 나를 바라보았다.

"콜라를 물처럼 마시는 건 뭐야?"

"이걸 마시면 좀 속이 뻥 뚫리는 느낌이야. 그게 좋아."

"그렇게 마시면 중독 아냐?"

"누구나 한 가지쯤 중독된 건 있어."

"이 세상에서 가장 안전한 중독은 사람한테 중독되는 거라고 들었어."

"오 마이 갓!"

"너 나한테 한번 중독돼볼래?"

"뭐어?"

"농담, 농담. 하하하, 너한테 농담 못 하겠다."

우린 광장을 우두커니 보며 음료를 홀짝거렸다. 광장은 아파트들이 빙 둘러싸고 있어 이 동네 사람들이면 이곳을 꼭 지나야만 하는 길목이었다. 광장 주변의 카페와 식당들은 이 동네 엄마들의 정보 수집 공간이며 소문의 진원지였다. 엄마들이 흩어졌다 모이기를 반복하며 모둠이 만들어지기도 하고 해체되기도 했다. 누구네 아이가 사고를 쳤고, 어느 반 아이

가 고액 과외를 하는지, 이 동네 아이들의 동태를 파악하기 쉬
웠다. 골치 아픈 아이들을 따돌리는 데에도 시간이 얼마 걸리
지 않았다. 언젠가 형은 이런 말을 장난스럽게 했다.

"이 동네에 폭탄 한 방 떨어뜨리고 싶어."

그러나 그런 폭탄 따위가 동네의 분위기를 바꿀 수 있을 것
같지 않았다.

은빈이 주스를 다 마신 후 다시 병뚜껑을 닫았다.

"세 살부터 이 동네에 살았는데 널 한 번도 본 적이 없어."

내 머릿속에 떠오르는 말을 은빈에게 건넸다.

"당연히 못 봤겠지. 여기로 이사 온 건 작년이야."

"그래서 널 본 적이 없구나. 네가 작년에 이사 온 건 다행이
야."

"뭐가 다행이라는 거야?"

"나에 대해서 아는 게 없잖아."

"너도 다행이야. 나에 대해 모르잖아."

"뭐어?"

우린 서로를 바라보며 처음으로 똑같이 빙그레 웃었다.

"내가 보기에 넌 범생이인데 뭘 숨길 게 있다고…….."

"범생이 그거 진짜 별거 아냐."

"나도 네가 부럽지 않거든."

"부럽지 않다는 말은 공부 못하는 애들이 하나같이 하는 거

짓말 아냐."

"네가 내 성적 알기나 해?"

"꼭 봐야 아나?"

"야! 너 진짜!"

은빈은 약이 오른 듯이 약간 흥분해 소리를 높였다. '사실 네 성적표 봤어'라는 말이 입에서 튀어나올 뻔했다.

"공부가 인생의 전부는 아니잖아. 왜 흥분하고 그래. 그만 하고 들어가라!"

얼굴까지 붉혀가며 흥분하는 은빈의 모습에 웃음이 났다. 나는 은빈의 입에서 무슨 말이 더 나오기 전에 서둘러 인사를 하고 아파트 현관 비밀번호 키를 눌렀다.

아파트 엘리베이터에 올라타는 순간 은빈을 광장에 놔두고 온 게 마음에 걸렸다. 108동까지 데려다줄걸 그랬다는 생각이 들었다. 지금까지 여자애를 집 앞까지 바래다준 일이 없어 서툴렀다.

17

현관문을 열고 집 안으로 들어섰다. 실내는 어두웠고 엄마가 소파에 앉아 날 바라보고 있었다. 엄마는 지금까지 오랜 시간 붙박이처럼 꼼짝도 안 한 게 분명했다. 핸드폰으로 전화가 여러 번 왔지만 받지 않았다. 엄마가 화가 난 이유는 여덟 시에 시작되는 수학 과외를 펑크냈기 때문이다. 어려서부터 엄마와의 싸움에 단련되어 감정 소모를 하지는 않았다. 그러나 엄마가 가장 화를 참지 못하는 때는 정해져 있었다. 그건 학원이나 개인 과외를 이유 없이 빠질 때다.

"그 선생 얼마나 오래 기다렸는지 알아? 모셔오기 힘든 선생인데 최소한 예의는 지켜야지."

엄마의 낮은 목소리가 무엇을 신경 쓰는지 알 것 같았다.

"내가 분명히 그만둔다고 했지? 공부를 해도 내가 해."

난 단호하고 분명하게 말했다.

"넌 고등학생이야. 너 머리 믿고 그러나 본데, 수능은 달라. 긴 싸움이라고."

"이제 그 긴 싸움에 지쳤어."

"시작도 안 했는데 벌써 지쳤단 소리가 나와? 너 한국 사회에서 당당히 살려면 실력이 절대적으로 필요하다는 거 몰라? 너 나중에 후회한다."

"내 선택에 대한 책임은 내가 져."

엄마는 반항적인 내 태도에 화를 참지 못하겠다는 듯 테이블 위를 주먹으로 내리쳤다.

"넌 지칠 자유도 없어. 왜인지 알아? 엄만 잘나가던 학원도 너희 때문에 그만뒀어. 늦은 나이에 너희 낳고 내 몸은 만신창이가 됐어. 밤마다 끙끙 앓는 소리 내는 거, 넌 모를 거야. 너희 학교 보내고 나면 언제나 엄만 병원에서 물리치료 받느라 오전 시간을 다 보냈어. 엄마 인생이 송두리째 너희에게 날아갔어."

엄마의 넋두리는 끝이 없었다.

그때 아빠가 거실로 나와 짜증 섞인 목소리로 말했다.

"이제 그만 좀 하자. 제발! 지금 몇 시인 줄 알아? 나 내일 중요한 미팅이 잡혀 있어. 그러니 제발 잠 좀 자자."

아빠의 입에서 처음으로 터져 나온 불만의 소리였다. 순간 거실에 정적이 흘렀다. 아빠가 처음으로 엄마에게 소리를 질렀다. 난 구원 요청을 보내듯 꼿꼿이 서서 아빠에게 간절한 눈빛을 보냈다. 아빠가 날 위해 무슨 행동이라도 할 줄 알았지만, 아무 일도 일어나지 않았다.

아빠의 눈빛이 많이 지쳐 보였다. 아빠는 형이 죽은 후 말수가 더 줄었다. 사업에 지친 탓인지 마치 시체 같았다. 엄마는 아빠의 볼멘소리에 입을 다물었다. 잠을 자겠다던 아빠가 무슨 생각인지 다시 방으로 들어가더니 점퍼를 걸치고 현관 밖으로 나갔다. 아빠가 어딜 가는 건지 짐작이 갔다. 광장을 또다시 배회할 게 분명했다. 어쩌면 아빠도 대종 이모처럼 이 집에서 탈출하고 싶을지도 모른다.

나는 종종 대종 이모와 함께한 시간이 그리울 때가 있다. 학원 가는 길은 늘 대종 이모와 함께였다. 대종 이모는 가끔 엄마 몰래 우리에게 콜라도 사주고 젤리도 사주었다. 그럴 때면 우리는 소리를 지르며 환호성을 내뱉었다. 정말 가끔 먹는 호사라 엄청 빠른 속도로 입에 틀어넣었던 기억이 있다. 대종 이모는 그런 우릴 보며 늘 이런 말을 하곤 했다.

"가끔은 불량식품이 더 좋을 때가 있다는 걸 네 엄마만 모른다. 그렇지?"

엄마가 슈퍼푸드나 유기농 식품에 집착할 때 대종 이모는 우리의 마음을 들여다보았다. 대종 이모는 언제나 우리 편이었다.

엄마와의 신경전을 멈추고 방으로 들어왔다. 내 방은 적막했다. 책상 위에 놓인 사진 속 형이 웃고 있다. 형은 여전히 웃고 있는데 난 웃을 기분이 아니다. 갑자기 사진 속 형을 실컷 패주고 싶었다. 그래야 내 목을 바위처럼 막고 있는 고깃덩어리가 쑥 하고 내려갈 것 같았다. 어렴풋이 그날 일이 떠올랐다. 기억 속에서 지우고 싶은 그날이……

그날 형은 밤 열한 시가 되도록 집에 돌아오지 않았다. 엄마는 형과 통화가 되지 않자 형을 찾아오라고 성화였다. 엄마의 성화에 못 이겨 모자를 눌러쓰고 형을 찾으러 자전거를 타고 중앙공원으로 향했다. 이 시간에 형이 갈 곳이라고는 공원이나 천변뿐이었다. 자전거가 거치대에 얌전히 놓여 있는 걸 보아 형은 공원에 갔을 확률이 높았다.

공원 농구장 바닥에 책가방과 점퍼가 수북이 쌓여 있었다. 형은 길거리 농구에 끼어 노는 걸 좋아했다. 오늘도 학원을 가지 않고 샛길로 빠진 게 분명했다. 바닥에 쌓인 책가방 중 형의 백팩도 보였다.

농구공을 들고 슛을 시도하는 형의 뒷모습이 보였다. 쉬지 않고 형의 공을 빼앗으려는 주변 아이들의 몸싸움은 격렬했다. 형이 그 틈바구니를 요리조리 잘 피하며 농구대 가까이 다가갔으나 슛을 쏘기에는 여의치 않았다. 그때 검은색 티셔츠를 입은 애가 형 뒤에서 교묘히 옷자락을 잡아당기더니 형의 볼에 헛손질하며 방해했다. 그 순간 형의 몸은 기우뚱거리며 균형을 잃었고 손에서 공을 놓치고 말았다. 그 틈을 놓치지 않고 공을 잡으려고 팔을 뻗은 아이는 검은색 민소매 티셔츠를 입은 그 아이였다. 그러나 형도 가만있지 않고 그 애의 몸을 덮쳤다. 순식간에 둘의 몸이 엉겼고 싸움이 붙었다. 형이 무언가 그 애에게 항의하듯 소리를 질렀고 그 애 역시 욕설과 고성을 질렀다. 그러자 농구대 주변으로 아이들이 순식간에 모여들었다. 아이들이 몰려 형의 모습이 보이지 않았으나 싸움을 말려야겠다는 생각으로 무리 속으로 파고들었다. 아이들 틈을 비집고 들어가자 형의 등이 눈에 들어왔다. 형에게 더 가까이 다가가자 두 눈을 의심할 만한 일이 일어났다. 형은 두 손으로 그 애의 목을 조르고 있었다. 목이 졸린 그 애는 이미 얼굴이 하얗게 질려 있었다. 형은 목을 조르는 손을 풀지 않았고 그 애의 얼굴은 일그러져 곧 숨이 넘어갈 것 같았다. 형은 분노가 가시지 않는지 목을 조르는 힘을 늦추지 않았다. 농구대 주변에 몰려든 애들이 많았으나 아무도 형을 말리지 않고 구경만 할 뿐이었다. 나라도 나서서 형을 말려야 했다. 그 순간 누군가의 큰 손이 형의 목덜미를 잡아챘다.

"너 이 자식!"

형은 그 손에 의해 엉킨 몸에서 떨어졌다.

"한솔아! 한솔아!"

한솔이라는 이름을 애타게 부르는 소리에 정신을 차리고 바닥에 누운 애의 얼굴을 보았다. 핏기 없는 파리한 얼굴이 눈을 감고 있었다. 누운 아이를 끌어낸 사람은 그 애의 아빠였다. 그 애의 아빠는 마침 공원 산책을 나왔다가 이 광경을 목격하게 된 것이었다. 한솔은 죽은 듯이 누워 움직임이 없었고 한솔 아빠는 아이에게 달라붙어 심폐소생술을 하고 있었다. 누군가 119에 전화하는 소리가 들렸다. 나는 형이 있는 곳으로 눈길을 돌렸다. 그런데 형이 사라지고 없었다. 시간이 멈춘 듯 모든 것이 꿈만 같았다. 갑자기 두려움이 엄습해 그 자리에 서 있을 수 없었다. 나는 어수선한 틈을 타서 조용히 어두운 공원을 빠져나왔다.

머릿속은 정지가 된 듯 아무 생각이 나지 않았다. 자전거조차 공원 거치대에 팽개친 채 무작정 캄캄한 거리를 뛰었다. 정신없이 뛰는 동안 119 구급차 사이렌이 요란한 소리를 내며 달려가는 모습이 보였다. 구급차는 한솔에게 가는 게 분명했다. 사이렌 소리에 맞춰 심장이 뛰었다.

"미친 새끼, 네가 무슨 살인자야 뭐야. 왜 살인자 코스프레를 하고 지랄이야."

나는 광장을 향해 뛰면서 형에게 욕을 내뱉었다.

광장은 여느 때와 같이 평온했고 행인들로 북적거렸다. 형이 광장 어딘가에 있을 것 같았다. 광장과 공원의 풍경은 너무 다른 모습이었다. 그 애가 살았는지 죽었는지 알 수 없어 답답하고 불안했다. 형에게 전화를 해보았으나 휴대폰은 꺼져 있었다. 형은 지금 겁을 내고 있는 게 분명했다. 형이 왜 그런 사고를 쳤는지 이해되지 않았다. 이제 형이 숨어 있을 장소를 떠올려봤다.

광장 앞 서점이 문을 닫지 않은 것으로 보아 그곳 어딘가에 형이 숨어 있을 것 같았다. 서점은 형의 요새였다. 나는 서점 안으로 들어가 샅샅이 뒤졌다. 수만 권의 책들이 서가에 꽂혀 빙글빙글 도는 듯 보였다. 죽어가는 자가 남긴 마지막 말이 책이라고 했던 논술 선생님의 말이 떠올랐다. 서가에 꽂혀 있는 죽은 자들이 내게 뭐라고 한마디씩 하는 듯 보였다. 서가 사이사이를 미친놈처럼 비집고 다녔으나 형의 모습은 끝내 보이지 않았다.

집으로 돌아온 시간은 자정쯤이었다. 그사이 휴대폰에는 엄마의 전화가 일곱 통이나 와 있었다. 현관문을 열자 형의 운동화가 가지런히 놓여 있었다. 형이 집으로 들어와 있다는 게 놀라웠다.

거실로 들어서자 캄캄한 가운데 엄마의 얼굴이 희미하게 보였다. 엄마가 어둠 속에서 나를 빤히 바라보았다. 어느 때 같으면 폭풍 잔소리가 쏟아져야 하는데 고요하기만 했다. 뭔가 불안감이 도사렸다. 엄마는 이미 모든 상황을 다 알고 있는 듯했다.

"형은?"

내가 먼저 입을 열었다.

"형은 좀 전에 잠들었어. 깨우지 마."

엄마는 침착한 목소리로 내게 말했다.

"……엄마."

내가 떨리는 목소리로 엄마에게 형의 일을 말하려고 하자 엄마는 입에 검지를 대며 나직이 말했다.

"아무 말도 하지 마. 네가 무슨 말 할지 알아. 그 애는 분명히 죽지 않았어. 이제 우리가 형을 어떤 방식으로 도울지만 생각해."

엄마의 침착한 태도에 몸이 바짝 얼어붙을 것 같았다. 평소의 엄마와는 사뭇 달랐다.

"형이 사람을 죽이려고 했어. 이게 말이 돼?"

내 말이 끝나자 엄마의 눈꺼풀이 파르르 떨렸다. 처음으로 엄마 앞에서 형을 비난했다.

"그 입 다물어! 형은 그저 화가 났을 뿐이야."

엄마가 낮은 소리로 말했다. 엄마는 평정심을 잃은 듯 목소리에 떨림이 심했다. 아빠는 출장 중이었고 형은 엄마 방에서 꼼짝도 하지 않았다.

그날 밤, 내 방에 건너온 건 형이 아닌 엄마였다. 엄마는 침대에 누워 있는 내게 어둠 속에서 이렇게 속삭였다.

"선휘야, 형 대신 네가 그 애의 목을 졸랐다고 말해줄 수 있니?"

무섭고 끔찍한 소리는 엄마의 입에서 튀어나왔다. 믿을 수 없지만……. 처음에 나는 내 귀를 의심했다.

"어두운 밤이라 너랑 형을 구별할 수 없을 거야. 더구나 넌 모자까지 썼으니 누가 알겠니?"

엄마는 무릎이라도 꿇을 듯이 내 손을 붙잡으며 애원조로 말했다.

엄마의 말이 내게는 현실감 없이 들렸다. 엄마는 왜 그런 결정을 했을까. 너무 혼란스러워 얼굴 위로 이불을 뒤집어쓰고 눈을 감았다. 차마 두 눈으로 엄마의 얼굴을 볼 수 없었다. 날카로운 것이 내 심장을 찌르는 느낌이었다. 경멸이라는 단어가 떠올랐다. 형의 잘못을 왜 내게 떠넘기려는지 머릿속 혼란은 점점 더 커져갔다. 내 속에 신음처럼 아우성치는 말을 결국 터뜨렸다.

"내가 왜 그 일을……."

내 말이 다 끝나기도 전에 엄마의 말이 이어졌다.

"형은…… 너보다 겁이 많아. 넌 형과는 다르잖아. 만약 무슨 일이 생기면 뒷일은 엄마가 다 처리할게."

엄마는 지금껏 그래왔듯 말도 안 되는 소리를 거침없이 말했다. 처음부터 엄마는 날 염두에 둔 듯했다. 엄마가 간절히 애원하는 모습은 처음이었다.

엄마가 방을 나간 후 무릎을 끌어안고 숨을 크게 내쉬었다. 형이 저지른 짓에 대한 책임을 왜 내게 지우려는 건지 수만 번 생각했다. 엄마의 제안이 말도 안 된다고 생각하면서도 한편으로 마음이 흔들렸다. 형의 텅 빈 침대를 보며 간신히 마음을 정했다. 그것은 형과 내가 한날한시에 태어난 쌍둥이라는 운명 때문이라고 생각했다. 엄마의 표현대로라면 그 이유밖에 없었다.

18

한솔 아빠가 학교로 찾아온 건 오전 열 시쯤이었다. 한솔 아빠는 농구를 하던 무리 중 우리를 아는 아이들이 신상 정보를 주어 학교까지 찾아올 수 있었다고 했다. 한솔 아빠는 무척 흥분한 상태로 한솔의 몸 상태를 알렸다. 한솔은 아직 의식이 돌아오지 않아 중환자실에서 산소 치료를 받고 있다고 했다. 한솔 아빠는 문제의 심각성에 대해 강하게 항의했다.

"이 사건을 교육청과 경찰에 신고하겠어요."

교장은 전전긍긍했다. 이런 일이 학교 밖으로 새어나가는 건 학교의 명예가 추락하는 일이었고, 교장을 곤란하게 만들게 분명했다.

"재능과 머리가 있는 학생을 이런 식으로 망칠 순 없어요. 좀 더 상황을 지켜보고 결정하셔도 늦지 않을 것 같은데요."

교장은 이 일이 밖으로 새어나가지 않도록 하려고 애를 썼다.

"그러니까 성적 높은 모범생이라 숨긴다는 뜻이네요."

한솔 아빠는 교장의 말에 섬뜩할 정도로 분노했다. 이번에는 엄마가 나서 한솔 아빠를 설득하고 조용히 일을 처리하자고 했으나 뜻대로 풀리지 않았다. 한솔 아빠는 엄마에게 심상찮은 상대였다. 친구와 싸울 때도 중간에 끼어들어 해결해주던 엄마로서는 예상치 못한 복병이었다. 더구나 한솔의 목을 조른 모습이 고스란히 공원 CCTV에 잡혀 증거가 분명했다. 이번만큼은 엄마가 형을 대신해줄 수 있는 게 아무것도 없었다. 어쨌든 엄마는 한솔 아빠를 설득하는 데 실패했다.

나는 하루아침에 범죄자가 되고 말았다. 형은 나와 마주치는 걸 꺼렸고 의식적으로 피했다. 우린 이 일을 통해 어색한 관계가 되어버렸다. 그동안 단 한 번도 이런 적이 없었다. 앞으로 벌어질 일들도 예측되지 않았다. 나는 그저 형의 아바타가 되어 그 일을 수행하는 배우 같았다. 엄마가 왜 일을 이렇게 처리하는지 잘 몰랐다. 형은 나보다 두뇌 회전이 빨라 마음먹으면 못 할 게 없는 사람이다. 엄마는 효율이 높은 선택을 하는 게 언제나 옳다고 생각했다. 난 엄마의 뜻이 옳지 못한 걸 알면서 나도 모르게 세뇌되어버린 사람처럼 굴었다. 어릴 때부터 서로가 한 몸처럼 지내온 시간 때문일까. 그럴지도 모른다. 그러나 마음 한쪽에 죄의식도 있었다. 엄마는 어차피 미성년자라 별일은 없을 거라고 했다. 우리 둘만의 비밀이지만 맘이 무겁고 불편해 잠을 이루지 못했다.

어쨌든 난 형 대신 경찰서를 가야 했다. 처음에 경찰은 긴장한 나를 보자 의외로 친절하게 대했다.

"너 겁먹었구나. 괜찮아. 그냥 있었던 일 편하게 이야기하면 돼."

그는 내게 웃으며 몇 가지 질문을 던졌다.

"어쩌다 이런 일이 벌어졌니?"

"농구 하다 몸싸움이 일어났어요."

"너 농구 좀 하는구나?"

"그냥 좀 해요."

"한솔이하고 아는 사이야?"

"아뇨. 그날 처음 봤어요. 진짜 그 일은 실수였어요."

"계획하지 않아도 죽을 뻔했잖아. 그게 중요해. 실수라도 사람 목을 조르면 죽는 거야."

"저도 모르게 화가 나서 한 일이에요. 그 애가 숨을 못 쉰다는 건 생각 못 했어요."

나는 마치 형이라도 된 것처럼 말했다. 그 일의 목격자로서 생생하게 떠올릴 수 있었다.

"지금 억울해서 변명하는 거 아니지?"

아저씨는 컴퓨터 자판을 치던 손을 멈추고 내 얼굴을 힐긋 쳐다보았다. 나를 빤히 바라보는 눈길이 왠지 좀 전과는 달라 보였다. 나는 진술하는 동안 정말 형이라는 존재를 까맣게 잊어버렸다. 그날 밤에 벌어진 일이 진짜 내가 한 일인 것처럼 말했다. 조서를 작성하던 아저씨의 손이 멈추고 나서야 조사가 끝났다는 걸 알았다.

"생각보다 많이 침착하네. 더 할 말 있니?"

난 고개를 저었다.

"이제 됐다. 넌 운이 좋은 애야. 좀 전에 그 애 아버지에게 연락이 왔는데, 그 애가 깨어났단다."

경찰이 전해준 소식은 틀리지 않았다. 한솔은 병원에 입원한 지 사흘 만에 중환자실에서 깨어났다. 한솔이 깨어났다는 소식이 이상하게 기쁘지 않았다. 오히려 알 수 없는 두려움에 휩싸였다.

한솔이 깨어난 후 가장 먼저 한 일은 나와의 대면이었다. 경찰은 한솔을 불러 조사를 시작했고 그 과정에서 나와 한솔은 마주칠 수밖에 없었다. 내가 가장 두려워한 시간이 순식간에 다가왔다. 난 한솔을 보자마자 진심으로 용서를 빌었다.

"진짜 미안해, 고의로 그런 건 아냐."

나는 형 대신 진심으로 사과했고 빌었다. 그러나 한솔의 표정은 얼음처럼 차가웠다. 그것은 내 사과를 받지 않겠다는 의미였다. 내 눈빛이 흔들렸다.

"넌 내 목을 조르지 않았어. 난 분명히 그 애를 봤거든."

한솔의 입에서 나온 첫마디였다. 그 말에 당황한 건 나였다.

"너…… 그, 그게 무슨 말이야?"

나도 모르게 말을 더듬고 있었다. 한솔의 눈은 매의 눈처럼 예리했다. 죽음의 지옥에서 살아 돌아온 아이다웠다. 그 애의 말에 얼굴이 화끈 달아오르고 말았다.

"너의 형을 불러줘!"

"형은 왜? 그날 내가 너랑 농구 했는데 무슨 소리야?"

"너의 형 부르라고!"

한솔은 분노가 섞인 소리를 지르며 경찰에게 형을 호출해 달라고 강력히 요구했다.

엄마와 형이 경찰서에 도착했을 때 나는 심장이 타들어가는 것 같았다. 형의 얼굴은 어두웠고 불안한 눈빛은 많이 흔들렸다. 형은 이미 겁에 질려 있는 듯 보였다. 그 애가 이렇게 빨리 우리 앞에 나타날 줄 몰랐다. 그 애가 오히려 깨어나지 않는 게 어쩌면 더 나았을지 모른다. 내 심장은 쉴 새 없이 두근거렸다.

한솔은 빛의 속도로 형의 얼굴을 뚫어지게 훑어봤고, 잠시 후 긴 손가락으로 형을 지목하며 입을 열었다.

"얘가 내 목을 졸랐어요."

한솔은 마침내 확신에 찬 목소리로 말했다.

"그걸 어떻게 확신하니?"

"내 목을 조른 애는 분명히 틱 장애가 있었어요. 그 애가 목을 조를 때 심한 경련이 눈가에 여러 번 반복되는 걸 봤거든요. 근데 지금 쟤 얼굴을 보세요."

그 애의 말 한마디에 모두의 눈이 형의 얼굴로 쏠렸다. 그 순간 형의 눈가가 심하게 떨렸다. 형은 긴장이 심할 때 근육 경련이 더 요란하게 일어났다. 그 미세한 차이를 아는 사람은 우리 가족 외에는 별로 없었다. 그 애가 형을 지목하는 순간 엄마는 입술을 앙다물었다. 형은 그 애가 자신을 지목하는 순간 오히려 표정이 더 차분해졌다. 형은 진실이 밝혀졌다는 사실에 내심 안도하는 것 같았다.

잠시 후 형은 무릎을 꿇고 한솔에게 사과와 용서를 구했다. 형은 잘못을 용서해달라고 하면서 울먹였다. 한솔의 부모님은 우리 쌍둥이들을 경멸의 눈으로 노려보았다. 그 애 아빠는 단호함을 갖춘 목소리로 이렇게 말했다.

"당신들은 우리 애를 두 번 죽였어."

그 후 엄마와 아빠는 어떤 방식으로든 그 애 아빠와 타협을 보려고 애를 썼으나 소용이 없었다.

"왜 그런 거짓말을 했니?"

나는 다시 그날 일에 대한 경찰 조사를 받았다. 나는 입을 열지 않았다.

"형이 원한 거니?"

재차 경찰이 물었다. 나는 그 말에 고개를 세차게 흔들었다.

"네가 형을 위해 하지도 않은 짓을 했다고 한 건 이유가 있을 것 같아.”

경찰은 내 얼굴을 뚫어지게 쳐다보았다.

“아뇨. 제가 원한 거예요. 아무도 시킨 사람 없어요.”

“그래도 형을 위하는 방법으로 옳지 않아.”

“저 벌받을게요.”

“벌받는 문제가 아니라 그런 거짓은 금세 밝혀져.”

경찰은 안타깝다는 듯이 내 얼굴을 보았다. 난 끝까지 엄마에 대해서는 입을 열지 않았다.

다음 날, 학교 게시판에는 한솔이 사건 전모에 대한 글이 올라왔고 이런 사실은 순식간에 학교와 동네에 퍼졌다. 한솔 아빠가 학교 게시판에 글을 올린 것이다. 학교 아이들이 우리 쌍둥이를 바라보는 시선이 곱지 않았다. 형은 분노 조절 장애에 살인자라는 말까지 돌았다. 나 역시 조작의 아이콘으로 떠올랐고 아이들에게 비웃음을 샀다. 나와 형은 모범생에서 한순간에 문제 소년으로 추락했다.

형과 나의 추락에 비껴갈 수 없는 사람은 엄마였다. 엄마는 사람들의 눈을 쉽게 속일 수 있을 거라는 착각을 했지만, 그것은 아주 얕은 수였다. 우린 덫에 걸린 사람처럼 그 속에서 헤어 나오는 게 쉽지 않았다. 어두운 진실은 너무 쉽게 밝혀졌다.

형은 보호 관찰 소년이 되었고 당분간 소년 분류 심사원에 가기로 결정되었다. 모범생이었던 형이 보호 소년이 되었다는 사실이 믿어지지 않았다. 엄마는 분노 조절 장애라는 병이 있다는 사실로 분류 심사에서 빠지게 하려고 했으나 뜻대로 되지 않았다. 소년 분류 심사원에서 형에게 보호 처분을 내리기 전에 심리 검사, 종합 인성 검사, 적성 검사 결과와 생활 태도 등을 고려해 최종 처분을 결정하기로 했다.

그 일이 결정된 후 한동안 우리 집에는 침묵만 흘렀다. 엄마는 한솔이 예상외로 형을 쉽게 알아본 것에 대해 당황했다. 이 모든 일의 원인이 엄마의 거짓말로 인해 생긴 일 같아 화가 났다. 처음부터 형이 잘못을 시인했어야 했다. 엄마는 옳은 길을 선택하도록 안내하지 못한 나쁜 엄마였다. 난 독을 품은 전갈처럼 엄마에게 쏘아붙였고 행동했다. 그러자 엄마는 참기 힘들다는 듯이 목청을 더 높였다.

"맘 약한 형을 위해 그 정도 일도 못 해줘? 쌍둥이 형제의 의리가 그 정도니? 진짜 실망이구나. 이제 형 어쩔 거야?"

"죄를 지었으면 벌을 받는 건 당연해."

"그래서 네 속이 시원하니? 형이 소년원에서 썩었으면 좋겠어?"

"그럼 형은 안 되고 난 괜찮은 거야!"

난 엄마의 말에 화가 나 고함을 치며 대들었다. 엄마의 반성 없는 태도에 어이가 없었다. 머릿속은 극도로 혼란스러웠다. 아무리 쌍둥이로 한날한시에 태어났어도 나는 나고 형은 형이었다. 형과 나를 하나로 보는 태도는 도무지 이해할 수 없었다. 형은 한동안 말을 잃어버린 사람처럼 아무 반응이 없었다. 형보다 엄마에 대한 분노가 날 힘들게 했다. 끔찍한 물음들이 하나둘 머리를 스쳤다. 도대체 왜 엄마는 내게 무리한 요구를 했을까? 내 인내심이 점점 바닥으로 떨어졌다. 이러다 무슨 일을 저지를 것만 같았다.

19

엄마는 형이 죽은 후 상실한 것들을 내가 되찾아줄 것이라고 믿었다.

"넌 형이 못 한 것들을 이루어야 할 이유가 있어. 그건 산 자로서 도리야. 그래야 죽은 형에게 미안하지 않지."

엄마는 입버릇처럼 내게 말했다. 죽은 형에게 속죄라도 하라는 의미였다. 살아 있는 자의 무게, 시간이 지날수록 엄마가 내게 원하는 게 무엇인지 분명해졌다.

형이 죽은 후 담임은 내 우울증이 더 심해지는 것 같다며 엄마에게 정신과 치료를 권했다. 엄마는 아들이 정신과에 들락

거리는 것이 소문이라도 날까 봐 전전긍긍했다. 그러나 날이 갈수록 증상이 심해지자 결국 병원에 가서 검사를 받았다. 의사는 형을 잃은 상실감으로 우울증이 심해 공감 능력이나 언어 능력마저 떨어지고 있다는 진단을 내렸다. 이런 경우 부모와 자녀 모두 치료를 받는 게 좋다는 소견을 냈다. 엄마는 그 말을 듣자마자 내 손을 잡아채며 병원을 나왔다. 엄마는 무척 자존심이 상한 것처럼 보였다.

"너 머리 좋은 사기꾼이 누군지 아니? 의사와 변호사들이야. 어떻게 해서든 코를 걸고 넘어가야 하거든. 난 그렇게 호락호락하지 않아. 너만 당분간 상담받아."

엄마는 그렇게 자신을 합리화시키며 정신과 치료를 거부했다.

"학교 안 가?"

엄마가 날 깨우기 전까지 꿈속에서 형을 만났다.

"가고 싶지 않아. 그냥 놔둬."

난 잠결에 중얼거렸다. 눈꺼풀이 무거워 눈을 뜰 수 없었다. 사실 지독한 감기에 걸렸다. 머릿속은 바윗돌로 눌러놓은 듯 무거웠고 열은 아주 높지 않았다. 학교에 가봤자 집중할 수 없을 게 분명했다.

"빨리 못 일어나."

엄마가 재촉하며 나를 흔들었다.

"움직일 수 있으면 학교에 가야 해. 내신 출결이 얼마나 중요한데."

"몸이 아프다고!"

"입원할 상황 아니면 학교에 가는 거야."

"개근상 따위 받고 싶지 않아."

"3년 개근은 성실의 상징이야. 얼마나 뿌듯한데."

"그건 엄마 시절의 이야기야. 난 그런 상장 필요 없어. 그러니 좋은 말 할 때 나가줘!"

나도 모르게 소리를 질렀다. 엄마는 순발력을 잃은 여우처럼 조용히 일어나 방을 나갔다. 엄마가 방을 나간 뒤 다시 이불을 뒤집어쓰고 형을 만나러 갔다.

형은 바닷물 위로 얼굴을 내놓은 채 배영과 접영을 자유자재로 하며 앞으로 나아갔다. 그때 느닷없이 엄마의 목소리가 들렸다.

"너희는 인도양 위에서 수영하는 거야. 이렇게 넓은 세상이 다 너희 거야. 알지?"

엄마는 바다까지 따라와 뭔가를 주문처럼 외웠다. 우리 둘의 이름이 엄마의 입에서 튀어나왔다. 우린 그런 엄마를 피해 다시 바다 밑으로 내려갔다. 발이 닿지 않을 정도로 각도가 심한 경사면이었다. 바다는 칠흑같이 어두웠고 나와 형은 바다 밑을 헤엄쳐 끝없이 끝없이 자유롭게 먼바다로 나가고 있었다.

멕시코 칸쿤 근처에서 스노클링을 하게 되었다. 〈니모를 찾아서〉에 나오는 니모의 친구 도리같이 생긴 물고기들이 물속을 유영했다. 산호와 해초들이 여러 빛깔로 신기하게 바뀌었다. 보트에 연결된 줄에 매달려 하늘을 날아오르는 상상이 가능한 곳이었다. 바닷가 놀이는 환상이었다.

바닷속에는 넘어지면 달래주던 엄마가 없다. 내 상처의 독을 빨아줄 사람이 보이지 않았다. 형은 내게 알 수 없는 말들을 지껄였다.

"어머니를 사랑하는 자는 타락하지 않는다는 말, 너무 웃기지?"

형은 비웃듯이 키득대며 또 말을 이었다.

"자기 어머니를 흉보는 자는 모든 여성을 흉보는 자라고 했어. 나는 지금 여성들을 흉보는 거야."

"그 말 형이 한 말 아니지?"

"카를로 도시."

"와! 대단해."

"다 책 속에서 빌려온 것들이야. 내 건 없어. 너도 읽기만 한다면 주절거릴 수 있잖아."

형은 침착하게 말했다.

"엄마가 이 말을 들으면 뭐라고 할까?"

"난 너희들의 노예야. 내 삶은 휴가 없는 노동자나 마찬가지라고!' 투덜대며 이러겠지. 누가 그러라고 한 적도 없는데 우리 핑계 대잖아. 재수 없어."

형은 엄마의 말투를 흉내까지 내며 대꾸했다.

"엄마의 분노는 하루살이야. 이젠 엄마에 대해 알고 싶지도 않아!"

"어쩌면 엄마는 우릴 목각 인형으로 생각하는지도 모르지."

"목각 인형? 내 눈엔 고리대금업자처럼 보여."

"고리대금업자? 카카칵."

형이 깔깔대며 웃었다.

"누구나 태어난 대로 자라는 거야. 우린 그걸 아는데 엄마만 모르잖아."

형이 히죽거리며 말했다. 오랫동안 침묵해야 했던 말들을 형에게 쏟아낼 수 있어 속이 후련했다. 그러나 형의 웃는 모습도 잠시, 수초들 사이에서 형이 사라지고 말았다. 수초들 사이를 헤치며 형을 부르다 잠에서 깨었다. 눈을 떠보니 눈앞에 엄마의 얼굴이 희미하게 보였다. 그 얼굴에 소스라치게 놀라 눈을 감아버렸다. 나는 형이 사라진 수초 속으로 다시 돌아가고 싶었다.

20

점심시간에 도서관으로 갔다. 국어 과제를 하기 위해 책이 필요했다. 나는 언제나 도서관이 편했다. 도서관은 내가 갈 수 없는 곳에 데려다주고 만날 수 없는 사람을 만나게 해준다.

누군가 내 등을 살짝 쳤다. 은빈이었다. 그 애는 나를 보자 살짝 미소를 보였다. 나는 그 애의 웃음에 별다른 표정을 짓지 않았다. 은빈은 술을 먹은 것도 아닌데 볼이 아주 빨갰다.

"넌 아는 척도 안 하니?"

"그날 잘 들어갔지?"

"참 빨리도 물어본다. 너 왜 그렇게 무심해?"

"……글쎄."

내게 무심한 면이 있다는 건 틀린 말은 아니었다.

"너 나한테 교육 좀 받아야겠다."

은빈은 거침없이 말했다.

난 은빈의 태도에도 아랑곳하지 않고 서고 쪽으로 가버렸다. 은빈은 뭔가 분이 풀리지 않은 듯 내 뒤를 졸졸 따라왔다. 그 애가 날 따라다니는 게 신경이 쓰였다. 나는 신간 코너를 살피다 책을 한 권 꺼내 들고 자리에 가서 앉았다. 그때 은빈이 내 옆으로 바짝 다가와 앉았다.

"너 왜 날 자꾸 따라와?"

"내가 그렇게 귀찮니?"

은빈의 태도에 어이가 없었다. 난 옆 사람을 의식해 조용히 속삭이듯 말했다.

"좀 그렇지."

난 말을 얼버무렸다.

"너 내 다리 잊은 건 아니지?"

난 은빈이 다리를 다친 사실을 잊고 있었다.

"뭘 잊었다는 거야?"

"당분간 내 맘대로 하는 거."

은빈은 나를 보며 어깨를 으쓱했다.

"아, 뭐야. 난 아무것도 신경 쓰기 싫어."

"그래도 약속이니까 지켜줘. 그리고 너 진짜 사람 맘 모르는구나."

은빈은 한마디도 지지 않고 대꾸했다.

"난 사람 마음 따윈 관심 없거든. 그러니까 관심은 꺼주시죠."

은빈에게 이 말을 남기고 도서관을 나와버렸다. 그 애의 말에 이상하게 화가 났다. 난 누구의 강요도 싫은 사람이다. 초등학교 때 일이 떠올랐다.

그날은 어버이날이었다. 엄마는 형과 내가 카네이션을 준비하지 않았다고 푸념을 늘어놓았다. 우리 집은 어버이날이면 엄마가 직접 카네이션 꽃바구니를 사서 거실 테이블에 올려두었다.

"너희는 카네이션 꽃도 살 줄 모르는 애들이야. 그래서 아들들은 소용없다는 건가 봐. 그래도 상관없어."

엄마는 별일 아니라는 듯 자신이 사다놓은 꽃을 흐뭇하게 바라보며 이렇게 말하곤 했다. 엄마와 관련된 딱 한 가지 좋았던 기억 중 하나다. 우리에게 카네이션을 강요하지 않았다는 것.

그러나 어쩌면 카네이션 꽃을 사는 행위는 아주 중요한 행동일 수 있었다. 엄마는 자신에게 마음을 내는 행위 따위는 성적에 비한다면 하나도 중요하게 여기지 않았다. 그래서 나는 은빈에게 '다리는 어때?'라는 말 한마디조차 건넬 줄 모르는 애가 되어버렸다. 은빈의 말에는 뼈가 있었다. 결국 공감 능력이 부족하다는 말이었다. 지금까지 단 한 번도 누구를 좋아해본 적이 없고 친구들이 멀어진다고 아쉬워한 적도 없던 나. 그런데 학년이 올라갈수록 혼자 할 수 있는 일들이 많지 않았다. 정작 형과 나는 살아가는 데 가장 중요한 것을 배우지 못했다. 형이 떠난 후 나는 조금씩 조금씩 내 모습이 거울에 비추듯 눈에 보이기 시작했다.

21

수학 시간에 일이 터졌다. 수학 선생님은 우리 학교 성적이 주변 학교와 비교해 수준이 떨어진다며 흥분했다. 더구나 공개적으로 애들의 모의고사 성적을 불러준다고 했다. 아이들이 소리를 지르며 아우성을 쳤지만 소용없었다. 이름은 부르지 않았지만 반 번호를 대략 아는 아이들이 많았다. 반 아이들의 성적은 보통 3등급에서 5등급 사이가 많았고 9등급도 있었다. 9등급이 불릴 때 약간의 웅성거림과 키득거리는 소리도 간간이 들렸다. 나는 은빈의 번호를 알고 있었다. 자신의 등급이 불린 순간 은빈은 고개를 떨구었다. 수학 선생님은 아이들끼리 경쟁심을 유발하기 위해서 성적을 불러준 것이지만 방법이 좋아 보이지 않았다. 내 번호가 불리고 1등급이라는 소리가 귀에 들렸다. 반에서 1등급은 두 명이었다.

"9등급도 두 명이나 있네. 하위 등급의 친구들은 명심해서 들어. 본인의 성적이 떨어진 것까진 좋은데, 학교 평균까지 떨어뜨리게 돼. 우리 학교는 P구에서 나름 명문인데 이러면 안 되겠지."

수학 선생님의 머릿속은 온통 경쟁 그 자체였다. 얼마 전 TV에서 〈복면 가왕〉이라는 프로그램을 우연히 본 것이 떠올랐다. 이상한 가면을 뒤집어쓰고 노래를 부르는 사람들은 알고 보면 모두 다 가수다. 그런데 이 가수들을 다시 경쟁을 붙여 끝까지 승자를 가린다는 프로그램이다. 사람들이 이 프로그램에 왜 열광하는지 모르지만 난 맘에 들지 않았다. 가수들의 다양성을 마음껏 무시하고 오로지 자신들만의 잣대로 멋대로 평가하는 모습이 좋아 보이지 않았다. 어쩌면 수학 선생님은 결국 사파리에 유아독존으로 있을 사자를 키우겠다는 의지로 보였다.

"야! 9등급!"

누군가 복도 끝에서 외치는 소리가 들렸다. 나는 신경 쓰지 않고 지나치려 했으나 그 순간 귀에 익은 소리가 들렸다.

"너희 죽을래?"

뒤를 돌아보니 은빈이 복도 바닥에 주저앉아 소리를 지르고 있었다. 그 뒤로 남자애들 둘이 도망가고 있었다. 나는 얼른 은빈에게 다가갔다. 서둘러 은빈의 다리를 살폈다. 지난번 자전거에 넘어진 다리여서 걱정이 되었다.

"쟤네들이 내 다리를 걸었어. 난 저런 쓰레기 신경 안 써."

"그래도 양호실에 가봐."

나는 은빈에게 다가가 팔을 잡으며 일으켜 세웠다.

그때 누군가 우리를 보더니 소리를 질렀다.

"야! 9등급이랑 1등급이랑 그림 좋네."

아까 도망갔던 애들이 다시 와서 놀려댔다. 은빈은 내 부축이 부담스러운지 갑자기 내게서 몸을 뺐다.

"나 이제 괜찮아. 1등급이랑 어울리면 안 되지. 너 가던 길 가."

은빈의 쌀쌀한 태도에 당황스러웠다. 9등급이라는 사실을 내게 들킨 것 때문에 약이 올라 있었다. 은빈의 태도에 당황해 멍하니 서 있었다. 그사이 은빈은 다리를 약간 절뚝거리며 교실 방향으로 가버렸다.

나는 은빈을 놀린 애들을 쫓아갔다.

"야! 거기서!"

이윽고 그들 중 한 애가 고개를 돌렸다.

"넌 뭐야?"

"은빈에게 사과해!"

난 그들을 향해 사과를 요구했다. 그중 한 명이 가소롭다는 듯이 웃어댔다. 나를 보며 마음껏 비웃어대는 놈의 모습이 꼭 조커 같았다. 그 애의 웃음이 끝나자 이번에 그 옆에 있는 놈이 나를 뚫어지게 쳐다보며 말했다.

"넌 빠져라. 너 쟤 남친이라도 돼?"

다시 그들은 자기들끼리 얼굴을 마주 보며 키득거렸다.

"은빈에게 사과 못 해!"

내 말이 떨어지자마자 그들 중 한 명의 주먹이 훅하고 내 얼굴 쪽으로 날아왔다.

느닷없이 날아온 주먹에 나는 맥없이 쓰러지고 말았다.

"야! 너 돌았냐? 네 형 자살하더니 너까지 맛이 간 거야? 너
희 형이 한 짓도 네가 한 짓이라고 뒤집어쓰려 했다며. 너 오
지라퍼! 낄 데 안 낄 데 구분해라! 똘아이 새끼. 다시 한번
사과니 뭐니 헛소리 지껄였다간 넌 죽을 줄 알아!"

그들은 날 벌레 보듯이 내려다보고 다시 운동장을 가로질
러 갔다. 그 순간 한기가 온몸을 훑고 지나갔다. 구멍 난 심장
은 뜨거운 피가 솟구쳐 팔딱거렸다. 형의 죽음을 입 밖으로
꺼낸 놈들을 이대로 보낼 수 없었다. 그 순간 알 수 없는 힘이
내 안에서 폭발했다. 이제 기어에 발동이 걸려 멈출 수 없는
상태가 되었고 무작정 그들을 향해 돌진했다. 형의 죽음을 입
밖으로 꺼낸 그 녀석을 넘어뜨린 후 발로 차고 밟고 주먹질을
해댔다.

"그래, 나 돌았다. 너 똘아이 손맛 좀 봐야겠다. 새끼야!"

내 주먹은 좀 전에 날 향해 조롱하고 웃던 놈의 얼굴을 향해
마음껏 움직였다. 이것은 내가 제어할 수 없는 힘이었다. 알
수 없는 분노가 솟구쳐 밖으로 나왔다. 그중 한 녀석이 겁에
질려 멍하니 서 있더니 잠시 후 학생 주임을 불러왔다.

그 녀석은 얼굴이 피투성이가 된 채 운동장에 뻗어 있었다.
학생 주임이 왔을 때 싸움은 끝이 났고 그 녀석은 양호실로 보

내졌다. 학생 주임은 난감하다는 표정을 지으며 내게 교무실로 오라고 했다.

잠시 후 교무실로 들어갔다. 학생 주임과 담임이 나란히 테이블에 앉아 있었다. 두 분의 표정이 무겁고 어두웠다. 학생 주임은 나를 보자마자 걱정스럽게 말했다.

"그 애 앞니가 부러졌어. 네가 사람을 칠 줄은 정말 몰랐다. 별일 아닌 일로 주먹을 쓰는 건 옳지 않아. 왜 그랬니?"

나는 자초지종을 말하려다 그만뒀다. 내가 입을 열지 않자 담임은 안타까운 듯 말할 것을 재촉했다. 담임은 네가 그런 일을 할 리가 없지 않냐는 눈빛이었다. 내 편을 들어주고 싶은데 변명조차 안 하는 내가 답답한지 그 자리를 일어서고 말았다. 학생 주임은 그 애에게 들은 대로 일을 처리할 수밖에 없다고 했다.

"너희 어머니께 전화 드렸다. 곧 오실 거야."

어쩌면 이번 일로 엄마에게 문제아로 확실히 찍힐지도 모른다는 생각이 들었다. 순식간에 일은 벌어졌고 시간을 되돌린다 해도 내 행동은 변하지 않을 것 같았다. 내 안에 형과 같은 분노가 똬리를 틀고 있는 건 아닌가 의심이 들었다.

누군가 교무실로 들어왔다. 엄마였다. 뒤이어 맞은 녀석의 엄마란 사람도 나타났다. 그리고 나는 그 녀석과 그 녀석의 엄마에게 머리를 조아렸다. 이상한 건 머리를 조아렸으나 머릿속으로는 아무 감정이 들지 않았다는 것이다. 최소한 친구를 때려서 미안하다는 말이나 다신 폭력을 휘두르지 않겠다는 다짐 따위는 하지 않았다. 엄마는 가장 쉬운 방법으로 그 녀석의 부모에게 치료비와 위로금 일체를 물어주기로 합의했다.

집으로 돌아오는 길에 엄마의 아우성치는 말들이 내 귓가에 들렸으나 한 귀로 듣고 흘렸다. 그래봤자 엄마는 자신이 말한 대로 세상에서 가장 쉽게 처리할 수 있는 일을 하고 있다.

며칠간 나는 학교에 가지 않았다. 지금 내 모습은 교각 위에 걸려 있는 승용차처럼 아슬아슬했다. 세상은 약자를 도우라고 하지만 엄마 말처럼 모른 척하는 게 더 현명한 일인지 모른다. 내가 그 녀석에게 주먹질해댄 것은 분명 잘못이 맞지만, 이성을 잃어버렸고 제어할 수 없었다. 어쩌면 나 역시 형처럼 분노 조절을 하지 못해 누군가에게 화를 내는 것은 아닌지 두려웠다.

중학교 2학년 때 일이 떠올랐다. 게임 폐인인 도현이와 진영이가 다투는 일이 있었다. 도현이는 학교도 자주 결석하고 게임으로 밤을 새우기 일쑤였다. 더구나 아이들의 작은 실수에도 도현은 화를 자주 냈다.

점심시간에 진영이가 비좁은 책상 사이를 지나다 도현의 팔을 치는 바람에 수저가 바닥에 떨어졌다.

"에이씨, 뭐야? 밥맛 없게!"

"미…… 미안."

"미안하면 다야?"

도현이가 진영을 노려보며 소리를 질렀다.

"그럼 뭐라고 해?"

"내 수저 닦아 와."

"야! 그냥 물휴지로 닦아도 되잖아."

"이게 사람 열받게 하네."

급기야 도현이는 식판을 바닥으로 내동댕이쳤다. 밥과 반찬이 바닥에 굴러다녔다.

"야! 너 나한테 죽어볼래!"

이 말과 동시에 책상을 치며 괴성을 질렀다.

"너 그러니까 꼭 괴물 같다."

진영은 도현에게 괴물이라고 한마디 했다. 도현은 그 말에 더 화가 나 진영의 멱살을 잡으며 한 대 칠 기세였다.

그때 담임이 교실로 들어왔다.

"이게 지금 뭐하는 짓이야!"

담임은 도현의 팔을 잡으며 소리쳤다.

"왜 나만 가지고 그래요? 아, 씨발!"

도현은 주먹으로 다시 한번 책상을 쳤다.

"이도현! 일단 화를 내려놓고 차분히 말해야 상대방도 알아

듣지. 호흡해봐, 길게 한 번 짧게 한 번 해봐."

선생님은 도현이의 행동을 보며 호흡을 하라고 했다. 나는 너무 의아했다. 도현은 선생님을 노려보았다.

"네가 대접받고 싶은 행동을 해야 너도 존중을 받지. 화가 미칠 듯이 날 때면 호흡부터 고르게 해보는 습관을 가져. 숨을 내쉬고, 다시 들이쉬고."

신기한 건 담임이 말을 하는 동안 도현의 거친 호흡이 안정되어가는 느낌이었다.

"그렇지, 잘하네."

도현은 처음엔 반항했으나 선생님의 차분한 말에 숨을 내쉬며 호흡을 하고 있었다.

도현의 화가 누그러지는 모습을 보며 스스로 감정을 조절할 수 있는 것도 바로 나 자신이라는 사실을 그때 알았다.

진영이가 도현에게 했던 말이 떠올랐다.

"너 꼭 괴물 같다."

지금 내 모습이 꼭 괴물 같았다. 나 역시 분노를 참지 못해 폭발하고 나면 기분이 더 우울했다. 분노와 무력감이 폭풍처럼 날 흔들었다. 내가 형이나 도현이처럼 되지 않으려면 약의 힘이라도 빌려야 했다.

그 일 이후 처음으로 정신과 약을 꼬박꼬박 먹어야겠다고 생각했고, 그날부터 정신과를 꾸준히 찾았다.

22

버스 정거장에서 오랜만에 은빈과 마주쳤다. 나는 멋쩍게 웃을 듯 말 듯 어정쩡하게 서 있다가 겨우 한마디를 했다.

"다리는 괜찮니?"

"많이 좋아졌어."

"다행이다."

"근데 너 왜 그랬어?"

은빈이 하는 말이 무슨 뜻인지 알지만 그냥 빙그레 웃었다.

"나도 왜 그랬는지 모르겠어."

"너 그런 행동 하는 거 좀 위험했어."

"나도 잘못한 거 알아. 근데 맘대로 안 돼."

"난 네가 부럽던데. 학교에서 나 같은 애들은 미운 오리 새끼야. 학교는 내 꿈을 응원해주지 않는 것 같아."

은빈은 지금껏 그래왔듯 무심하게 말했다.

"그래도 너 같은 우등생들에게 학교는 관대하잖아."

"네가 되고 싶은 건 뭔데?"

"작곡가. 사실 진짜 되고 싶은 건 뮤지컬 배우야. 근데 쉽지 않아. 난 음악이 좋아. 작곡도 하고 뮤지컬 배우도 하면서 음악 하는 사람이 되고 싶어. 근데 학교에 있으면 내가 너무 별 볼 일 없는 사람 같아서 싫어. 넌 내 마음 모를 거야."

"수학 때문이니?"

"내 수학 성적 아니?"

"으음…… 뭐."

"9등급인 거 알고 날 외계인으로 생각했겠다."

"그런 건 아냐. 수학 못한다고…… 뭐."

"사실 그 정돈 아닌데 모의고사 전날 잠을 거의 못 잤어. 그 바람에 수학 답안지 밀려 썼거든. 하지만 그것도 실력이야. 수학 싫어하는 거 맞고. 하지만 학교가 음악으로 줄 세우면 내가 1등급이지."

은빈은 거리낌 없이 말했다. 은빈에게 9등급의 수치심이나 무기력 따위는 없었다. 은빈은 성적이 나쁘다고 움츠러들지 않아 좋았다.

"참, 너 아직도 약 버리는 거 아니지?"

은빈의 물음에 난 고개를 끄덕였다.

마침 우리 앞에 버스가 서서 나란히 버스를 탔다. 그 애가 약을 버리지 못하게 참견할 때도, 천변에서 날 보고 아는 척했을 때도 귀찮은 아이라고 생각했다. 그런데 이 애와 자꾸 부딪히는 이유를 모르겠다.

우린 광장 앞 정류장에서 나란히 내렸다. 버스에서 내리자마자 길 건너에 햄버거 매장이 눈에 들어왔다. 노란 간판과 콜라 사진이 보이자 갑자기 갈증이 밀려왔다. 지금 당장 콜라를 마셔야 고구마를 먹은 듯 답답한 속이 뚫릴 것 같아 처음으로 용기를 내었다.

"우리 저기 잠깐 들어갈래?"

"너 배고프구나?"

"어, 좀……."

우린 맥도날드 안으로 들어가 콜라와 햄버거를 주문했다. 나는 콜라를 받자마자 허겁지겁 빨대를 입으로 가져가 쭉 빨아들였다.

"너 콜라 때문에 오자고 했구나."

"그냥 겸사겸사."

내 속내를 들킨 것 같아 멋쩍게 웃었다. 은빈과 햄버거를 먹으며 창밖으로 보이는 아파트들을 바라보았다. 우리 집도 그중 하나였다. 갑자기 목이 턱 하고 메었다. 내 앞에 놓인 콜라는 이미 비어 있었다. 입으로 캑캑거리며 은빈에게 콜라를 달라고 손짓을 했다. 은빈은 놀란 눈으로 탁자에 놓인 자신의 콜라를 내게 주었다. 콜라를 마시자 목에 걸렸던 햄버거 덩어리가 쑥 내려갔다.

"미안, 네 콜라까지 다 마셔버렸네."

"괜찮아. 콜라 안 좋아해."

은빈은 햄버거를 조금씩 입에 넣으며 말했다.

"작곡 이야기 좀 해줘. 작곡하는 건 재밌니?"

"작곡도 수학만큼이나 어려워. 지금 내가 만드는 곡을 스무 번도 넘게 수정했는데 완성하지 못했어. 아직도 수정 중이야."

"작곡도 어렵구나."

"네가 수학 한 문제 가지고 오랫동안 씨름하는 것과 같아. 그 과정이 힘들기는 하지만 지루하지 않거든. 난 즐겁게 곡을 쓰고 싶어. 확실한 건, 수학 시간을 지겹게 견뎌내야 하는 게 지옥이라는 거야. 그 시간에 화성악 공부하는 게 훨씬 유익해. 너 악기 다룰 줄 알아?"

"기타 좀 치지."

"진짜? 의외야."

"다룰 줄 아는 곡은 두 곡 정도……. 그것도 수행평가 준비 때문에 한 거라……."

은빈은 수행평가라는 말에 깔깔대며 웃었다. 웃는 동안 은빈의 볼이 점점 빨개지고 있었다.

"너 얼굴이 빨개."

"난 날씨 변화나 감정의 변화가 있을 때 볼이 빨개져."

"지금은 덥지도 춥지도 않은데 왜 빨개져?"

"그건 나도 몰라."

"빨간 토마토 같아."

"토마토라는 말 오랜만에 듣는다. 중학교 때 애들이 나만 보면 토마토라고 부르는데 그게 싫더라. 어느 날 엄마가 토마토를 사 가지고 왔는데 그 토마토가 내 얼굴처럼 보여 모두 바닥에 던져버린 적도 있어."

"나도 토마토에 대한 기억이 있어. 어릴 때 엄마가 아침마다 유기농 토마토로 프리타타를 만들어줬어. 토마토에 단호박, 블루베리, 계란, 우유를 섞어 밥솥에 쪄서 주는데 토할 것처럼 싫었어. 특히 브로콜리 씹는 맛이……."

"말 안 해도 알 거 같아. 네가 토마토를 싫어하는 이유……. 토마토를 보면 엄마가 생각나는 거 아냐?"

"어쩌면 그럴지도 모르지. 아무리 건강한 음식이라도 매일 먹는 건 역겨워. 매일 훈계를 듣는 거랑 비슷하거든."

"사실 내가 처음에 하고 싶었던 건 뮤지컬 배우였어. 우연히 뮤지컬 배우 재능 기부 프로그램이 있어서 지원한 적이 있었거든. 다행히 오디션에 합격했고 재능 기부를 받았는데, 그때 처음으로 나에 대해서 알게 됐어. 난 노래를 꽤 잘한다고 생각했는데 막상 기초를 배우는 동안 내 한계를 알게 됐어. 지도 선생님께서 목을 쓰는 방법이 처음부터 잘못됐다는 사실을 내게 알려줬어. 아홉 명 중에 내가 가장 노래를 못하더라. 그래도 지도 선생님께서 악보 보는 감각이 탁월하다며 뮤지컬은 취미로 하고 작곡 쪽을 공부하는 게 더 좋을 것 같다고 했어. 아마 그 체험이 없었다면 아직도 나에 대해 잘 몰랐을 거야."

은빈은 자신에 대해서 잘 알고 있었다. 음악에 대한 열정을 내내 느낄 수 있었다. 은빈은 쉴 새 없이 음악 이야기를 쏟아냈다.

"지금은 작곡이 굉장히 좋아. 앞으로 보컬 멜로디가 있는 음악을 만들고 싶어. 내가 피아노와 기타는 좀 치거든. 넌 지금 미래의 작곡가를 만나고 있는 거야."

나는 은빈의 말에 동의한다는 뜻으로 고개를 끄덕였다. 우리는 맥도날드를 나와 집이 있는 광장 쪽으로 걸었다. 광장에는 노점 아저씨가 데려온 개들이 보였다.

"저 개들 볼 때마다 속상해."

"너도 그런 생각 했니?"

"말을 못 해서 그렇지 개들이 얼마나 답답할까?"

"개 주인은 저게 사랑인 줄 아는 것 같아."

묶여 있는 개들에 대해 말을 나누는 동안 우린 어느새 아파트 앞에 도착했다. 이제 헤어질 시간이 다가왔다는 것을 분명하게 둘 다 알고 있었다.

"선휘야."

은빈이 갑자기 내 이름을 조용히 불렀다. 은빈의 목소리는 부드럽고 따뜻했다.

"우리…… 사귈래?"

은빈의 입에서 '사귈래'라는 말을 듣는 순간 나는 숨이 콱 막했다.

이건 돌직구였다.

"그…… 글쎄."

"네 인생에 내가 잠깐 끼어도 되지?"

"그 말 무슨 뜻이야?"

"토마토와 콜라가 친구 먹자는 얘기야."

은빈은 그 말을 하며 웃었다.

"난 사실…… 친구가 별로 없어. 그래서……."

"괜찮아. 네가 무슨 말 하려는지 알아. 나도 이런 말 처음이
야."

은빈은 살포시 웃으며 말했다.

"난 지금까지 여자 친구 사귄 적이 없어서……."

"와, 내가 영광인데. 네 첫 번째 여친이 되는 셈이네."

"김은빈, 대신 앞으로 재수 없다, 밥맛없다, 거만하다, 이런
말 하지 마. 나도 그 말은 듣기 싫어. 사실 그런 말 들을 정도
로 잘하는 것도 아냐. 부모님의 기대 때문에 할 수 없이 공부
했어."

"내 눈에도 너 행복해 보이지 않아."

"행복해 보이지 않는다는 말 인정할게. 그리고 나 부탁이
하나 있는데, 토요일에 우리 만날래?"

"벌써 데이트 신청?"

"그, 글쎄……. 데이트라기보다 그날 할 일이 있거든."

"좋아, 일단 만나자."

은빈은 그날 일에 대해 꼬치꼬치 묻지 않았다.

23

토요일 저녁이었다. 은빈과 광장 벤치에서 만나기로 했다. 주말이라 광장으로 몰려든 사람들이 많았다. 사람들은 날이 어두워지도록 광장에 모여 주말을 즐기고 있었다. 평일 오후와 주말에는 광장에 노점상 단속반이 뜨지 않았다. 건물 귀퉁이에 개들이 여전히 묶여 있었다. 개들은 짧은 줄에 묶여 한 발자국도 움직일 수 없는 상태였다. 나는 개들을 보면서 은빈을 기다렸다. 개들은 분명 자기 의지와 상관없이 짧은 목줄에 묶여 움직일 수 없는 지경이었다. 개들의 주인인 과일 파는 아저씨는 주말이라 손님들로 둘러싸여 얼굴조차 보이지 않았다. 길바닥에 쌓여 있는 체리 상자와 참외를 파느라 정신이 없었다. 체리는 아저씨가 주력으로 파는 과일이었다. 나는 아저씨가 한눈을 파는 동안 개들을 빼올 궁리를 하며 동선을 생각했다. 그때 마침 은빈이 나타났다. 은빈은 상기된 표정으로 내게 살짝 손을 흔들었다.

"무슨 일을 하려고 오늘 만나자고 했어?"

"저 개들 보이지? 개들을 우리가 풀어주자."

은빈은 개들을 풀어주자는 말에 잠시 놀란 듯 선뜻 말을 하지 못했다.

"괜찮을까?"

은빈은 한참을 고민한 듯 말꼬리를 흐렸다.

"개들도 자유로울 권리가 있어. 저건 학대니까 누군가는 구해야 돼."

"사실 나도 여기 지날 때마다 신경이 쓰였어. 네가 처음으로 부탁한 건데 거절할 수 없지."

은빈은 흔쾌히 내 부탁을 들어주기로 했다.

마침내 우리는 개가 묶인 곳으로 조심스럽게 접근했다. 은빈은 과일 파는 아저씨가 개들을 보지 못하도록 망을 보며 내 앞을 막아섰다. 나는 개가 묶여 있는 건물 모퉁이로 다가가 개 끈을 풀어주기 위해 안간힘을 썼다. 매듭이 목줄과 노끈으로 꽁꽁 묶여 있어 풀기가 쉽지 않았다. 주머니에서 휴대용 나이프를 꺼내 끈을 자르기 시작했다. 끈은 잠시 후 툭 하고 끊어졌다. 묶인 줄이 풀리자 개들은 겅중거렸다. 다행히 짖지는 않았다. 우리는 과일 아저씨가 우릴 볼까 봐 개를 안고 천변 쪽으로 뛰었다. 개의 몸무게는 무거웠으나 개를 안고 뛰는 동안에는 무게를 느끼지 못했다. 오히려 가볍기까지 했다. 다행히 과일 아저씨는 손님들에게 과일을 파느라 눈치 채지 못했고 그사이 우리는 광장을 빠져나왔다.

어느덧 눈앞에 천변이 보였다. 천변에는 애완견들을 데리고 나와 산책하는 사람들이 많았다. 은빈과 나는 숨을 고르며 한동안 말을 하지 않고 걸었다. 개들은 흥분한 것처럼 우리 품 안에서 두리번거렸다. 우린 다리 밑으로 내려가 돌의자에 잠시 앉아 개들을 땅에 내려놓았다.

잠시 후 우리는 개들의 목줄을 풀어주었다. 오랫동안 목을 조인 탓인지 목줄이 살을 파고들어 있었다. 나는 가방에서 약상자를 꺼내 새살이 돋는 연고를 개들의 목에 발라주었다. 개들은 다행히 움직이지 않고 내 가슴에서 가만히 있었다. 개의 심장이 뛰는 소리가 내 귀에 들리는 듯했다. 개들은 움직여야 했다. 이대로 살이 더 찐다면 아마 영원히 걷지 못할 수도 있다.

은빈과 나는 개들을 데리고 천변 근처에 있는 애견 운동장으로 갔다. 애견 운동장은 개들이 뛰어놀 수 있는 잔디 운동장으로 꾸며져 있었다.

"얘들이 뛰어놀 수 있게 풀어주자."

나와 은빈은 개들을 살며시 땅에 내려놓았다. 개들은 오랜 시간 나무에 묶여 있던 탓인지 한동안 자리에서 움직이지 않았다. 나는 미리 준비해온 소시지를 꺼내 개들에게 주었다. 그리고 개들을 향해 소리치며 달렸다. 개들은 소시지 냄새를 맡은 탓인지 나를 따라왔다.

　잠시 후 개들은 잔디 위에서 풀 냄새를 맡으며 활발하게 움직였다. 은빈은 그 모습을 보자 환호성을 질렀다.

　"우리 개 도둑 된 거 맞지?"

　은빈이 개들을 바라보며 입을 열었다. 개 도둑이란 말에 가슴이 철렁했다.

　"너 후회하니?"

　내가 애써 웃으며 조심스럽게 물었다.

　"개들이 불쌍해서 한 일이야."

　"개들에게 자유를 주고 싶어. 잠시라도 자유롭게 뛰노는 모습 보니까 좋다."

　"그렇다고 마냥 저렇게 풀어둘 순 없잖아. 지금쯤 아저씨가 개들을 찾지 않을까?"

　"아저씨는 개들을 아낀다고 하지만 내 눈엔 개들을 학대하는 것처럼 보여. 이 세상에서 가장 힘든 건 자유를 구속하는 거야."

　"아저씨는 개들을 묶어두는 게 가장 사랑하는 방법이라고 생각하는 거 아닐까."

　막상 개들을 데리고 나왔지만 할 수 있는 일이 별로 없었다. 현실적인 고민으로 머릿속이 복잡했다.

"너 이거 먹어봐."

은빈은 주머니에서 뭔가를 꺼내 불쑥 내밀었다.

"뭔데?"

"쫀드기."

"불량식품 원조 같다."

은빈이 내민 무지개색 쫀드기를 먹을까 말까 망설였다. 쫀드기는 태어나서 한 번도 먹어본 적이 없는 불량식품이었다. 초등학교 때 아이들이 간간이 입에 물고 질겅거리던 모습을 지켜본 적은 있지만 먹어볼 생각은 하지 못했다.

은빈이가 준 쫀드기를 조심스럽게 받아 입에 넣고 질겅거렸다. 쫀드기는 약간 시큼했다. 쫀드기를 씹는 내 모습을 엄마가 보기라도 했다면 어떤 표정이었을까. 아마 엄마는 울부짖었을지도 모른다. 마비된 뇌가 조금씩 풀리는 것 같았다.

"쫀드기는 불에 구워 먹어야 제맛인데. 이거 은근히 중독성 있어."

"네 말대로 씹는 맛이 있어."

"근데 이제 우리 어쩌지?"

은빈은 쫀드기를 질겅질겅 씹으며 말했다.

"우린 지금 중요한 결정을 내렸어. 개들은 한 번도 자기 뜻대로 세상 밖으로 나가지 못했잖아. 죽을 때까지 묶여 사는 것보다 자기 발로 움직여 먹이도 구하고 가고 싶은 곳도 마음대로 돌아다니다가 죽는다고 해도 나쁘지 않을 것 같아."

"사람에게 길들여진 개는 끝까지 생존할 수 없대."

"개들이 야생을 허락받지 못하는 것도 결국 사람들 때문이야. 개들을 그냥 내버려두면 어디에서든 알아서 살아갈 텐데……."

"우리가 저 개들에게 자유를 준 셈이네. 그래도 개 도둑이라는 사실은 변하지 않아."

"미안해."

"아냐, 나도 개들이 묶여 있는 거 보면서 안타까운 마음이 들긴 했어."

은빈은 내 마음을 이해한다는 듯 싱긋 웃으며 말했다.

멀리서 경찰차 한 대가 우리 앞으로 다가와 멈췄다. 개들 때문이라는 사실을 직감할 수 있었다. 경찰관은 개를 훔쳐갔다는 신고가 들어왔다며 잠시 경찰서로 동행할 것을 요구했다. 은빈은 얼굴이 붉어졌고 겁먹은 눈빛을 했다. 나는 은빈에게 괜찮을 거라는 말을 건네며 차에 올라탔다.

경찰서에 도착했을 때 이미 과일 아저씨는 연락을 받고 와 있었다.

"네 놈일 줄 알았어. 어쩐지 주변을 얼쩡거릴 때부터 수상하다 했어."

과일 아저씨가 내 얼굴을 보더니 의기양양하게 말했다.

"개는 어디 있소?"

"개들은 경찰서 뒤뜰에 있어요."

누군가 과일 아저씨에게 알려줬다.

"이 녀석들아, 그 개들은 내 자식들이나 마찬가지야! 이놈아. 내가 장사하느라 집에서 돌보지 못해 데리고 다니는데 뭔 학대니 뭐니 말도 안 되는 소릴 해대? 너희 부모님 불러와."

아저씨는 화가 많이 난 표정이었다.

난 아저씨에게 개들을 자유롭게 해주고 싶어 한 짓이라고 솔직하게 말했다.

"아무리 그래도 그렇지. 이건 엄연히 도둑질이야."

아저씨는 여전히 눈을 치켜뜨며 소리를 높였다.

어느새 경찰에게 연락을 받고 온 엄마가 앞에 서서 우리 둘을 노려보았다. 엄마의 두 눈은 부글부글 끓어오르는 화를 누르고 있다는 표시가 역력했다. 은빈은 엄마를 보자 주눅이 든 아이처럼 어깨를 움츠렸다. 우리는 시선을 마주치며 불안한 마음을 안정시키려 애를 썼다. 엄마는 사건의 내용을 대충 경찰에게 들은 뒤라 내게 다시 묻지는 않았다. 엄마는 민원실에 앉아 있는 과일 아저씨를 만나 심각한 얼굴로 이야기를 나눴다. 은빈의 엄마는 저녁 시간이 바빠 경찰서로 올 수 없다며 엄마와 과일 아저씨의 합의에 따르겠다는 말만 했다고 한다. 은빈의 엄마가 경찰서에 오지 않은 건 천만다행이었다. 이런 곳에서 은빈의 엄마와 마주하게 될까 봐 마음에 걸렸다. 은빈은 발끝만 내려다보며 초조해했다.

드디어 엄마와 개 주인의 합의가 끝난 모양이었다. 아저씨는 개를 도로 찾았고 아이들이 철없이 한 짓이라 문제 삼지 않겠다고 했다. 경찰은 아저씨에게 거리에 개들을 묶어두는 행위를 하지 않겠다는 다짐을 받았다.

우리는 경찰서에서 풀려나왔고 은빈은 엄마의 호출을 받아 먼저 길 건너 버스 정류장으로 갔다. 엄마는 은빈이 사라지자 걸음을 멈추고 팔짱을 끼며 나를 노려보았다.

"꼴좋네. 이제 하다 하다 개 도둑으로 몰리고, 어떻게 된 거야?"

"들은 대로야."

"그걸 말이라고 해?"

"내 눈엔 개가 위험 신호를 보낸 것 같았어."

나는 무심하게 말했다.

"개들은 작년부터 거기 있었어. 아까 그 애가 널 부추겼니?"

엄마는 누군가 희생양이 필요한 모양이었다. 이 상황을 아들이 혼자 벌인 일이라고 하기에는 억울하고 인정하기 싫어 억지를 부리는 듯했다.

"내가 먼저 개들을 풀어주자고 했어."

"거짓말! 네가 왜 그런 짓을 해?"

엄마의 눈에서 노여움이 활활 타오르고 있었다. 난 바지 주머니에 손을 찔러 넣고 고개를 푹 숙인 채 땅만 바라보았다. 엄마가 따가운 시선으로 날 쏘아보는 걸 느낄 수 있었다. 난 그 눈빛이 무섭지 않았다. 그저 황소개구리가 입 안에 바람을 잔뜩 넣고 자신을 과장되게 보이도록 만드는 듯한 우스꽝스러운 모습이었다.

"내가 말해도 엄마란 사람은 절대 이해 못 해."

"지금 그게 엄마한테 할 소리야!"

"엄만 아직도 나한테 뭘 잘못했는지 모르지?"

"내가 뭘?"

엄마는 내가 사고를 치는 이유에 대해 알려고 하지 않았다. 엄마와 난 서로 다른 세계에 살았다.

24

- 우리 천변에서 만나자.

은빈에게서 카톡이 온 건 며칠 뒤였다.

천변에는 이름을 알 수 없는 꽃들이 피었다. 풀숲은 녹음이 우거져 푸르렀다. 완연한 봄이었다. 햇살이 물빛을 반짝이게 했다. 은빈은 그날 일을 묻지 않았다. 나도 그날 일에 대해 굳이 말하고 싶지 않았다.

"우리 록 페스티벌에 갈까?"

나는 잠시 망설였다.

"너 엄마 허락이 필요하구나."

"아…… 아냐."

"내가 너 같은 애들 잘 알지. 외동에다 범생이요, 엄마 치맛바람은 양념이고 골고루 삼박자 갖췄을걸."

"너 자리 깔았네. 근데 처음부터 외동은 아니었어."

"처음부터?"

"쌍둥이."

"진짜? 네가 형이야? 동생이야?"

"동생."

"근데 너 형 이야기 전혀 안 하잖아. 형은 다른 학교 다니니?"

"음……. 지금 여행 중이야."

"여행? 지금 학기 중인데?"

형이 여행하는 중이라는 말이 자연스럽게 나왔다. 어쩌면 형은 내가 알 수 없는 행성에 먼저 가 있는지도 모른다.

"지금쯤 배낭 메고 어느 공원 벤치에서 자고 있을지도 몰라."

"너희 형 자퇴했니?"

자퇴라는 말이 순간 자살로 들려 가슴이 철렁했다. 난 아무 말도 하지 않았다.

"넌 형이 부럽구나."

"내가?"

"눈빛이 그래 보여."

"형은 게으른 여행자일 뿐이야."

"형이 여행 간 곳이 어디야?"

"솔직히 잘 몰라."

"너도 가지 그랬니? 둘이 여행하면 정말 좋았겠다."

"나…… 난 형과는 달라. 형은 언제나 도전적이고 우월했어. 공부도 나보다 잘했고. 특별히 눈에 띄려 하지 않아도 존재 자체에 아우라가 있었지."

은빈에게 형의 죽음을 알리지 않았다. 왜 그랬는지 나도 모른다. 형의 죽음을 내 입으로 꺼내는 게 싫었다. 기억을 지우는 일이 쉽지 않듯이 힘든 기억을 말하는 것도 두려운 일이었다.

"물이 더 파래졌네."

은빈은 천변의 물을 보며 말했다.

"물이 파래진 게 아니라 주변 풀들이 파래진 거야."

"역시 1등급은 다르네."

은빈의 1등급이라는 말에 나도 모르게 웃음이 터져 나왔다.

"넌 과학자나 의사하면 잘하겠다."

"그건 내가 원하는 게 아냐. 과학자나 의사를 원하는 애들은 많아. 난 그냥 좋아하는 일 하고 싶어."

"그게 뭔데?"

"생활체육 지도사."

"진짜? 놀라운걸. 의외야."

"난 아이들이 공부에만 시간을 보내는 걸 원치 않아. 운동을 좋아하는 아이들을 가르칠 거야. 그래서 아이들의 시간을 마음대로 뺏는 어른들로부터 애들을 보호하고 싶어."

"근데 너희 엄마가 허락할까?"

"엄마 허락받으며 꿈을 정하는 나이는 아냐."

내 속에 있는 말을 솔직하게 했다. 은빈은 내 말이 끝나자 엄지손가락을 들어 올렸다. 누군가의 응원을 받는다는 건 아주 힘이 나는 일이다. 은빈의 웃는 모습이 오늘따라 예뻐 보였다.

그동안 난 형이 하는 대로 똑같이 따라 해야 할 것 같았다. 지금 내 모습은 진짜가 아닌 가짜 같다. 형이 공부를 잘했기 때문에 나 역시 쌍둥이라는 이름으로 열심히 따라 했다. 영재라는 타이틀도 다 떼어버리고 싶은 완장이었다. 내가 형과 함

께 앞서거니 뒤서거니 할 수 있었던 이유가 무얼까. 그건 분
명 내가 원한 것이 아니었다. 누군가 짜놓은 프레임에 갇혀버
린 듯했다. 그런데 형이 먼저 그 프레임을 깼다. 형이 그 프레
임을 깼다면 이제 내 차례였다. 그러나 내겐 형처럼 프레임을
깰 만한 능력이 없었다. 난 형이 없는 곳에서는 언제나 자신
감이 없었다.

우주 공간에 떠 있는 우주 비행사는 추진용 가스가 떨어지
거나 유인용 끈이 끊어지면 우주 미아가 되고 만다. 이걸 관
성의 법칙이라고 하는데, 나한테도 그게 적용되는 것 같다.

25

저녁에 한 통의 카톡을 받았다. 중학교 동창 녀석에게서 온
것이었다. 오랜만에 보는 카톡이었다. 입담이 좋아 실없는 농
담을 잘하던 녀석이었다.

-너 소식 들었니?
-무슨 소식?
-지우 알지? 중학교 때 너랑 같은 반이었잖아. 걔 며칠 전에 교통사고
 로 죽었어.

– 진짜?

– 근데 충격적인 건 그냥 사고가 아니라는 거야. 처음엔 그냥 단순 사고로 처리했는데, 경찰이 CCTV로 현장 확인했더니 지우가 스스로 도로로 뛰어든 거였대. 그러니까 자살한 거야.

카톡을 보는 동안 내 눈을 의심했다. 지우의 죽음이 자살이라니 믿을 수 없었다.

– 지금 우리 학교 난리도 아냐. 걔 우울증이 심해서 정신과 치료도 받았다고 하더라. 하긴 애들 몇이나 죽어나가도 이상할 거 하나 없는 동네이긴 하지.

머릿속 회로가 멈춘 듯했다. 기어코 올 것이 오고야 말았다는 느낌이다. 동창과는 카톡 대화를 더 이어 나갈 수 없었다.

지우를 길에서 본 지 한 달도 되지 않았는데 죽었다는 게 믿어지지 않았다. 불현듯 지우가 했던 말이 떠올랐다.

"이러다 내가 먼저 죽을 것 같아."

지우의 그 말은 스스로 죽음을 예감했던 말이었을까. 지옥을 거부할 용기가 없었던 아이다.

형에 이어 지우까지, 두 번째 불빛이 사라졌다. 손가락이 파르르 떨렸다. 입이 바짝 말라버린 듯 파삭했다. 곧 목이 타

죽을 것만 같은 공포가 엄습했다. 또다시 콜라가 필요했다. 곧바로 방에서 나와 냉장고를 열어 콜라를 입에 대고 부었다. 급히 마시는 바람에 목에 사레가 걸려 입 밖으로 콜라를 뿜고 말았다. 좀 전에 먹었던 콜라가 식도를 타고 입 밖으로 넘어왔다. 그때 엄마의 목소리가 내 귀를 타고 들어왔다.

"너 왜 그래?"

나는 엄마에게 대꾸하지 않았다. 욕실 개수대로 가서 물로 입을 닦아냈다.

"너 내 말 안 들려? 왜 그러냐고?"

"지우……. 차에 뛰어들어 자살했대."

내가 나직하게 중얼거렸다. 엄마는 내 말에 잠시 얼굴이 굳어지더니 이내 입을 열었다.

"좀 더 참고 버텨야 했어. 버텨야……."

엄마는 지우의 죽음에 특별히 놀라지 않았다. 내가 상상했던 반응보다 훨씬 차분했다. 나는 엄마의 냉소적인 태도에 몸을 바르르 떨었다.

"지우가 자살한 데는 우리 책임도 있어."

"그게 왜 우리 책임이야. 지가 못 따라간 거지. 넌 생각이 너무 많아 탈이야."

엄마는 내 입을 틀어막기라도 할 태세로 노려봤다. 엄마의 눈빛이 날 삼킬 듯했다. 이제 엄마의 눈빛을 상쇄시킬 기운이 없었다. 그저 무기력해진 기분으로 점점 깊은 수렁에 빠지는 것 같았다. 그리고 목이 탔다. 내 몸이 콜라를 간절히 원했다. 주방 쪽으로 가 냉장고를 열었다. 반쯤 남은 콜라를 들고 방으로 왔다.

콜라 한 병이 비어갈 무렵 나는 어깨를 바짝 웅크리며 방바닥에 주저앉았다. 날이 저물어 어두웠으나 불도 켤 생각을 하지 않은 채 한참을 그렇게 있었다. 형이 죽은 후 모든 게 달라질 줄 알았는데 점점 더 꼬이는 기분이다. 지우의 예기치 못한 죽음은 나를 극심한 우울감으로 몰아넣었다. 빈속에 콜라 한 병을 마셨더니 위가 찌릿하니 통증이 느껴졌다. 위가 아픈 탓인지 갑자기 뺨 위로 눈물이 줄줄 새어나왔다. 뺨 위로 흐르는 눈물을 훔쳐내며 차가운 방바닥에 몸을 눕혔다. 그리고 눈을 감았다.

26

지우의 장례식은 교회에서 진행되었다. 지우네 학교에서 쉬쉬거리는 분위기라 조용하고 은밀했다. 내가 아는 얼굴은 몇 되지 않았다. 지우 엄마는 눈이 통통 부어 알 수 없는 얼굴이 되어버렸고 좁은 어깨와 마른 가슴은 위태롭게 보였다. 지우의 죽음은 형의 죽음과는 또 다른 의미였다.

교회 입구에서 검은 원피스를 입은 사람이 내 옆으로 다가왔다. 엄마였다. 엄마가 조문을 온 것은 의외였다. 엄마가 내 옆자리에 함께 있다는 사실에 당혹스러웠다. 엄마는 이 자리에 와서는 안 될 사람 같았다. 지우의 자살을 부추기는 역할을 한 것 같아 죄책감마저 들었다. 왠지 지우 엄마가 슬픈 감정을 추스르지 못하고 엄마에게 달려들어 장례식을 난장판으로 만들 것 같았다. 지우를 기억하는 사람들은 이렇게 모였다.

추도 예배는 시작되었고 목사님의 설교가 이어졌다. 난 설교에 집중하지 못했다. 지우가 얼마나 많은 시간을 갈등하고 힘들어했는지 난 알고 있었다. 지우는 누군가 자신을 잡아주기를 바라고 있었다는 것을…… 늘 집에 들어가기 싫어 거리를 배회하던 지우를 떠올렸다. 얼마나 숨이 막히고 도망가고 싶었을까. 지우야, 경쟁 없는 곳에서 편히 쉬렴. 다음 생엔 입시 지옥 없는 곳에서 태어나.

어느새 목사님의 설교가 귀에서 가물가물 멀어져갔다.

형과 지우가 물에 빠져 허우적거렸다. 나는 형과 지우를 구하려고 손을 뻗어보았으나 소용이 없었다. 이상한 건 인도양의 바다는 잔잔했고 구름 한 점 없다는 것이었다. 사람들은 요트를 타느라 바빴고 우리가 물에서 허우적거리는 것을 눈치 채지 못했다. 물속은 고요했고 귀에 물이 들어오고 있어 먹먹했다. 이따금 물 밖으로 올라올 때 보인 세상은 평화로웠다. 사람들의 웃음소리가 먹먹함과 뒤섞였다. 형과 지우 역시 물밑에서 떠오르고 가라앉기를 반복했다. 바다 밑까지 내려가보았다. 발이 닿지 않는 각도가 심한 경사면이었다. 바다는 칠흑같이 어두웠다. 나와 형이 바다 밑을 헤엄치며 끝없이 끝없이 자유롭고 싶어했던 그 바다였다.

나는 형의 머리 쪽으로 손을 뻗었다. 내 손은 가까스로 형에게 닿을 듯 닿지 않았다. 온 힘을 다해 손을 뻗자 머리카락이 손에 잡혔다. 형의 머리통은 짱구였다. 머리통이 유난히 큰 탓에 내 가슴팍에 꽉 차게 안겼다. 요트 쪽으로 가려면 형의 머리로만 숨을 쉴 수는 없었다. 형의 머리가 물 밑 지지대가 되어 숨을 간신히 쉴 수 있었다. 간신히……. 이제 목표 지점은 얼마 안 남았다. 긴 머리칼의 지우 눈앞에 보였다. 긴 머리칼이 나풀거리는 모습이 꼭 해파리 같았다. 지우의 머리칼은 늘 어깨에 와 닿아 단발인 모습은 기억에 없다. 손아귀에 힘을 주어 긴 머리에 닿도록 손가락을 뻗었다. 머리카락을 한 줄기 미역처럼 휘어 감았다. 나는 이제 남은 힘을 다해 지우의 긴 머리채를 가슴으로 끌고 와 와락 껴안았다. 형은 이미 힘을 잃은 듯 발버둥도 없었다. 지우의 머리통이 내 가슴에 안겼을 때 살았다는 안도감에 더 큰 힘이 나는 것 같았다. 이제 형과 지우의 머리통을 지지대로 삼아 요트와 아주 가까운 곳까지 갈 수 있었다. 나는 살았다. 나는 싱싱한 물고기처럼 바다 위로 튀어올라 손을 아주 심하게 흔들었다. 누군가 요트에서 손을 뻗었을 때 물 밑에 있던 형과 지우의 머리통은 이미 내 손을 떠났음을 알 수 있었다. 나는 그 순간 소스라치게 놀랐다. 내가 살려고 형과 지우를 죽인 것만 같았다. 아니야! 아냐!

누군가 내 어깨를 흔들어 깨웠다. 엄마였다. 장례 예배가 아직 끝나지 않았고 사람들의 눈이 동시에 내게 쏠렸다. 나는 그제야 정신이 번뜩 들었다.

지우의 장례는 그렇게 끝이 났다. 엄마가 집으로 가자며 나를 끌었으나 반사적으로 그 손을 뿌리쳤다.

"……난 지금 집에 가고 싶지 않아!"

그 말만 남기고 교회를 나와 집 반대쪽으로 달렸다. 가파른 계단을 올라가는 것처럼 숨이 차며 목이 탔다. 톡 쏘는 콜라가 필요했다. 나는 편의점부터 찾았다. 교회 밖은 편의점이 보이지 않았다. 콜라를 당장 먹지 않으면 죽을 것처럼 목 안이 타들어 갔다. 수많은 가게가 보였으나 편의점은 보이지 않았다. 지나가는 사람들에게 막무가내로 편의점이 어디 있냐고 물었다. 누군가 편의점은 지하에 있다고 말해주었다. 엘리베이터에 기다리는 사람들이 많았다. 나는 지하로 내려가는 계단을 향해 빠르게 달렸다. 어느새 지하 끄트머리에 편의점이 보였다. 이제 목이 타다 못해 입 안이 말라붙었다. 편의점 문을 겨우 열었을 때, 돈도 내지 않고 냉장고에서 콜라부터 꺼내 마셨다. 순식간에 한 병을 다 비웠다. 살 것 같다.

27

은빈을 호출한 건 오후 다섯 시였다. 은빈은 연습실에 있었다. 지하 연습실 문을 열자 피아노 건반 소리가 들렸다. 은빈은 나를 보자 피아노 치는 걸 멈추고 살짝 웃었다.

"야, 너 어쩐 일이야?"

"너야말로 연습실에서 뭐 하는 거야?"

"오디션 참가하려고 연습 중이야. 앙상블 오디션 있어. 근데 무슨 일?"

그 말에 할 대답이 딱히 없었다.

"그냥."

그냥이란 짧은 말밖에 할 말이 없다는 게 답답했다. 벽 전체를 둘러싼 거울과 피아노뿐인 연습실은 고요했다. 텅 빈 곳에 우리 둘만 있었다.

"너 여기 오길 잘했다. 내가 준비한 댄스 한번 봐."

은빈은 휴대폰에 저장된 음악을 틀어놓고 몸을 자유자재로 움직였다. 은빈의 춤은 내가 이해할 수 있는 춤이 아니었다. 그러나 음악과는 어울렸다.

은빈은 춤을 추는 동안 행복해 보였다. 다양한 동작으로 춤사위를 보여주는 동안 나는 바지에 손을 찔러 넣고 좀 전에 있었던 지우의 장례식을 잠시 잊었다.

"야, 너 왜 그래?"

은빈의 목소리가 들렸다.

"너 어디 아파? 얼빠진 사람처럼 서 있잖아."

"내가 그랬니."

나는 이내 다리에 힘이 풀려 마룻바닥에 주저앉았다.

"잠깐 네 어깨에…… 기대면 안 될까?"

나는 작은 소리로 말했다.

"돈도 아니고 어깨 빌려주는 일쯤이야 얼마든지."

나는 간신히 고개를 은빈의 어깨에 기댈 수 있었다.

누군가의 어깨에 기대본 게 얼마 만인지 모른다. 아마 내 기억으로는 처음인 것 같다. 열다섯 살까지 성에 대한 은어를 알아듣는 게 하나도 없었다. 그런 내가 여자아이의 어깨에 머리를 댔다는 게 놀랍기도 하지만, 지금은 너무 힘들어 누구에게라도 기대고 싶었다.

"너 무슨 일 있어?"

"친구가 무지개다리를 건넜어."

"혹시 강아지 죽었니?"

"강아지, 그래. 그 강아지가 도로로 뛰어들어 죽었어."

처음 만났을 때의 지우는 푸들같이 귀여운 얼굴에 웃음도 많은 아이였다. 그런 아이가 점점 지치면서 웃음기를 잃어버리며 쪼그라들었다. 은빈의 강아지라는 말에 굳이 진실을 말하고 싶지 않았다. 우린 그렇게 10분쯤 말없이 앉아 있었다.

잠시 후 은빈이 어깨를 들썩이며 솔깃한 제안을 했다.

"야, 이제 내 어깨 그만 빌리고 우리 집에 가자. 너 배고프지? 집에 가서 밥 먹고 정신 좀 차리자."

은빈은 씩씩하게 소리쳤다.

"진짜? 너희 엄마 집에 계시니?"

"우리 엄마 아직 퇴근 전이야."

우린 잠시 후 연습실을 빠져나왔다. 연습실 밖은 이미 어둑어둑했다.

은빈의 집 안은 불이 꺼져 깜깜했다. 현관 앞에서 거실 실내등을 켜자 올리브그린의 카펫이 눈에 들어왔다. 모든 게 아늑하고 평화로워 보였다. 거실 벽면에 은빈과 함께 찍은 은빈의 엄마 사진이 걸려 있었다. 둘은 아주 다정해 보였다. 은빈의 엄마는 미인이었다. 눈매가 기다란 게 은빈과 많이 닮아 있었고 특히 긴 머리는 도시적인 세련미가 있었다. 그런데 벽면 어디에도 아빠로 보이는 남자의 사진은 없었다. 아빠에 대해서는 굳이 묻지 않았다. 은빈의 집에 온 후 오전 내내 짓눌렸던 마음이 조금씩 풀어졌다.

"앉아."

은빈은 소파에 앉을 것을 권했다. 나는 조심스럽게 소파에 앉았다. 테이블 위에 뮤지컬 대본들과 작곡을 한 오선지들이 어지럽게 놓여 있었다. 은빈이 주방과 거실을 오가는 사이 나는 TV 리모컨의 버튼을 눌렀다. 거실 중앙에 있는 벽걸이형 TV가 켜지자 둘 사이의 어색함이 사라졌다. 둘만 있는 집의 고요함이 TV 소리로 인해 조금 활기가 돌았다.

잠시 후 음식 냄새가 거실까지 날아왔다. 은빈이 주방에서 분주히 움직이더니 요리를 완성한 모양이다. 은빈이 날 부르는 소리에 식탁으로 갔다.

식탁 위에는 따뜻한 토마토 스프와 샌드위치가 놓였다. 토마토 스프의 향이 잊고 있던 배고픔을 떠올리게 했다.

"이 빵이랑 스프 진짜 네가 만든 거니?"

"너 눈치 빠르다. 맞아. 나 요리하는 걸 좋아해. 처음부터 요리를 좋아했던 건 아닌데 어려서부터 엄마랑 모든 일을 함께하다 보니 자연스럽게 늘었어. 엄마는 세상살이를 배우는 것도 공부 못지않게 중요하다고 했어. 사람은 언제나 혼자 살

수 있는 준비를 해야 한대. 왜냐하면 우리가 성인이 되면 엄마가 옆을 지킬 수 없기 때문이라나."

"너희 엄마 굉장히 현실적이다."

"다행인 건 내가 만든 음식을 엄마가 좋아한다는 거야. 자주 하다 보니까 실력이 늘더라. 우리 엄만 음식 젬병이거든. 엄만 내가 만들어주는 음식이 세상에서 가장 맛있대."

"그럼 아빠는……."

나도 모르게 아빠라는 말이 입 밖으로 나오고 말았다.

"아빠? 음, 우리 엄마 미혼모거든."

은빈은 아주 싱겁게 말했다. 나는 아무렇지 않다는 표정으로 담담하게 들었다. 그러나 속으로 이내 후회했다. 괜한 걸 물어봐 은빈의 기분을 상하게 한 건 아닐까 걱정이 되었다.

"야, 쓸데없는 거 그만 묻고 식기 전에 먹어."

은빈은 차려진 음식으로 화제를 돌렸다.

나는 조심스럽게 토마토 스프를 한 숟가락 떠서 입에 넣었다. 따뜻한 토마토 육수가 입 안 가득 퍼졌다. 엄마의 프리타타와는 아주 다른 맛이었다. 브로콜리의 쌉쓰름한 맛도 나지 않았고 밍밍하지도 않았다.

"너 제법 맛을 낼 줄 아네."

"내가 만든 토마토 스프의 비법은 히비스커스를 넣는 거야. 엄마는 내가 만든 스프가 마법의 토마토 스프래. 너무 맛있어

환각 작용이 있다나. 근데 그 말도 틀린 건 아냐. 스트레스 쌓일 때 먹으면 기분이 좋아져. 그러니까 너도 콜라 그만 먹고 토마토 스프 많이 먹어. 그럼 위도 안 아플 거야."

"사실 갈증 때문에 콜라를 마시는 건데, 이상하게 먹어도 먹어도 갈증이 사라지지 않아. 근데 토마토 스프가 마법을 부린단 말이야?"

나는 은빈의 말에 고개를 끄덕이며 대답했다. 은빈의 말이 틀린 말은 아니었다. 따뜻한 토마토 스프를 먹고 난 후 쓰린 위가 아프지 않았다.

우린 저녁을 먹은 후 음악 이야기를 많이 나눴다. 은빈은 얼마 전에 보았던 뮤지컬 〈프랑켄슈타인〉에 대해 열을 올리며 말했다. 사실 난 프랑켄슈타인 따윈 관심이 없었다. 프랑켄슈타인에 대해서 알고 있는 건 메리 셸리의 공포 소설이라는 사실 정도다. 더구나 열아홉의 나이에 만들어낸 소설이라는 점에 놀라곤 했다. 은빈이 음악을 대하는 자세가 아주 진지했다.

"뮤지컬 배우를 하고 싶은데 분야가 만만치 않아. 노래와 연기 둘 다 잘하기가 쉽지 않거든. 그래서 조금은 우울해. 내 목소리는 깊지도 성량이 풍부하지도 않아. 그래도 모두가 주인공이 될 순 없어. 작곡을 공부하면서 앙상블로 참여하는 것도 나쁘지 않을 것 같아."

"물론 하고 싶은 건 해야지. 연습을 충분히 한다면 무대에

설 기회는 있을 거야."

은빈과 대화하는 동안 시간은 빠르게 흘렀다. 은빈은 상대방을 편하게 만드는 재주를 가졌다. 아마도 상대방을 배려하는 습관 때문이 아닐까. 시간이 지날수록 나는 은빈의 이야기에 점점 빠져들고 있었다.

은빈은 다른 애들처럼 나를 경계하지 않고 다가왔다. 은빈이 사람을 경계하지 않는 이유는 뭘까 궁금했다. 은빈은 내게 웃음을 주었고 유쾌함까지 선사했다. 은빈을 만난 건 내게 더할 나위 없는 위안이었다. 특히 나쁜 기억을 잊을 수 있는 유일한 시간이었다. 엄마에게서 느낄 수 없는 특유의 따뜻한 미소가 있었다.

그날 밤 집으로 돌아왔다. 엄마는 어디를 돌아다니다 왔냐고 추궁했지만 무시하고 방으로 들어갔다. 방으로 들어오자 책상 위에 놓인 형의 사진이 먼저 보였다. 나는 형의 사진을 보며 중얼거렸다.

"형, 나쁜 엄마의 공통점이 뭔지 알아? 늘 불안하고 근심 걱정을 달고 살지. 언제나 망상이 먼저 발동하고 결국 아이 뜻을 꺾고 지배자가 되려고 해. 어쩌면 엄마는 감정이 마비되어 있는지도 몰라. 그러니까 내 감정을 읽지 못하지. 누가 엄마를 그렇게 만들었을까……. 형, 6학년 회장 선거 때 기억나?

난 또렷이 기억나."

"얘들아, 우리 아들 회장 선거 나가는 거 알지?"

엄마는 동아리 모임에 와서 나 대신 선거 운동을 했다. 아이들의 표정이 일시에 일그러졌다.

"투표권은 우리한테 있어요. 강요하면 안 되는데……."

누군가 못마땅하다는 의사 표현을 했다.

"그래도 너희는 잘 아는 사이잖니?"

엄마의 뻔뻔한 말에 용수철처럼 꽉 눌려 있던 무언가가 튀어 올랐다. 나는 결국 참지 못하고 엄마의 팔을 잡아끌어 동아리실 밖으로 끌고 나갔다. 그때까지 잠자코 웃고 있던 엄마는 목울대가 벌게질 정도로 핏대를 세웠다.

"엄마가 너 회장되라고 선거 운동 좀 했다고 그렇게 밀어!"

아이들이 창가에 몰려 우리를 원숭이 보듯 쳐다보고 있었다. 끔찍한 시간이었다. 엄마의 강요로 시작된 회장 선거는 정말 나가고 싶지 않았다. 나는 반에서 이미 엄친아 취급을 받고 있었으며 후배들에게도 별반 표를 얻을 수 없을 게 분명했다. 이제 엄마의 치맛바람까지 덤으로 얹혀 전교에 소문이 돌 게 뻔했다. 회장 선거 기간은 힘든 시간이었다. 나는 도망치고 싶었다. 회장에 떨어지는 결과를 두 눈으로 보는 게 두려웠다. 누군가의 강요로 떠밀리듯 나가 거부까지 당하는 느낌이 무서웠다. 나는 포기하고 싶었다. 회장이라는 자리가 그렇게 좋아 보이지도 않았다.

얼마 후 결국 회장 자리를 스스로 포기했고 그 자리에 형이 대신 나섰다. 형은 회장 연설을 위해 웅변 교사의 지도를 받았고 학교의 시설 발전 기금을 내놓겠다는 새로운 공약도 걸었다. 그 결과 형은 전교 회장에 당선되었다. 엄마는 형이 전교 회장에 당선되자 그 누구보다 기뻐했다. 그리고 내게 이런 말을 했다.

"넌 뒷심이 약해 빠졌어. 형은 엄마가 시키는 대로 하잖아."

그때부터 엄마와 내가 서로 다른 세계에 살고 있다는 생각이 들었다.

28

학교에 등수 판이 걸리는 날이다. 2학기 중간고사에 대한 평가는 이런 식으로 이뤄졌다. 전교 1등에서 50등까지 붙어 있는 등수 판이 우리의 인생을 판단하는 좌표 같았다. 석차 공개는 언제나 뜨거운 감자였다. 현관 게시판에 붙은 등수 판에 누구의 이름이 올랐는지 확인하느라 북새통이었다. 등수 판에 내 이름은 없었다. 50등 안에 든 아이들의 얼굴이 밝았다. 누군가 등수 판에 붙은 모조지를 확 찢어버렸다. 등수 판에 들지 못한 애의 짓이었다. 처음부터 50등 밖으로 밀려난 아이들은 관심이 없었다. 아예 성적에 대해 입에 올리는 것조차 꺼렸다.

"인생 시나리오가 등수대로 되는 줄 알아?"

주먹이 세기로 유명한 현욱이가 소리를 지르며 등수 판 앞을 지나갔다. 나는 이미 예상했기에 담담했다. 내 성적의 유통기한은 끝이 났다.

중간고사 성적이 형편없이 나오는 바람에 특별반에서 나오게 되었다. 시험 성적 때문에 담임 면담에 들어갔고 심각한 이야기들이 오고 갔다. 담임은 현재 고민하는 게 무엇인지 꼬치꼬치 물었다. 나는 그런 일들에 대해 한사코 부정했다. 담임에게 개인적인 이야기들을 꺼내고 싶지 않았다. 더구나 형의 죽음으로 다시 주목받는 학생이 되는 건 끔찍하게 싫었다.

"넌 머리가 좋아 조금만 노력하면 다시 특별반에 들어갈 텐데 왜 그러니? 무슨 일이야?"

담임은 아직도 나에 대한 기대감을 놓지 않았다.

"올해 입학생 중 서울대 배출이 가능한 아이로 모든 선생이 너를 꼽았어. 중학교 성적도 그렇고 모의고사 성적도 잘 나왔잖아. 이 정도면 명문대에 가는 건 어려운 일이 아니야. 근데 이렇게 성적이 떨어지는 이유를 모르겠다."

담임은 답답한지 목소리가 무거웠다.

"제가 1등으로 들어온 건 순전히 운이에요."

"이 녀석, 운도 실력이 있어야 들어오는 거야. 전교 1등이 어디 쉬워? 이번에 슬럼프를 이겨내고 심기일전해 다음 학기 말에 네 실력을 보여다오."

나는 담임이 원하는 대답을 끝까지 하지 않았다. 어떤 확신도 의지도 보여줄 만큼의 에너지가 없었다. 겨울에 먹이를 저장한 곰은 그해를 잘 보낼 수는 있지만, 새로운 먹이를 사냥하지 않는 한 버티기 어려울 거란 사실을 알고 있었다.

담임과 면담이 끝난 후 체육관으로 향했다. 운동장을 가로질러 가는 동안 가슴이 답답했다. 체육관 문을 열자 아무도 없었다. 운동기구 보관함에 있는 농구공을 꺼냈다. 농구공을 체육관 바닥에 통통 튀겼다. 체육관 안에 탕, 탕, 탕, 농구공 소리가 경쾌하게 울렸다. 공과 함께 발이 빠르게 움직였다. 교무실에서 오고 갔던 무거운 대화들이 몸에서 튕기듯 떨어져나가는 것 같았다. 공을 튀기며 골대를 향해 부지런히 몸을 움직였다. 농구공이 골망을 흔들며 바닥으로 떨어졌다. 내 앞을 가로막는 진로 방해가 없어 골망을 향해 달릴 수 있었다. 몸이 가벼워지며 천장 위로 날아오를 것 같았다. 가슴 벅찬 희열이 가슴 밑바닥으로부터 터질 듯 올라왔다. "너라면 할 수 있어!"라는 노래 가사가 윙윙거렸다. 운동으로 땀을 흠뻑 흘리는 동안 해가 저물었다.

29

"설마 그 애랑 계속 사귈 생각은 아니겠지?"

엄마는 무슨 시급한 일이 생긴 듯이 물었다. 난 엄마에게 등을 돌리며 기타를 만지작거렸다. 엄마는 내가 학교에서 집으로 돌아오자마자 추궁을 했다. 엄마가 원하는 답을 해줄 수 있는 마음의 상태가 아니었다. 그냥 마음이 가는 대로 행동하기로 했다. 엄마의 추궁에도 아랑곳하지 않고 기타 음을 고르게 튕겼다. 기타 소리가 한 음 한 음 자리를 잡는 동안 엄마의 목소리가 비음처럼 섞여 들렸다.

"난 너 같은 머리에 나 같은 엄마가 있다면 어떤 일이 있어도 내 꿈을 포기하지 않아. 그깟 여자애 하나 때문에……."

"누굴 좋아하는 게 잘못된 거야?"

"그거 나중에 하라고!"

"그런 게 맘대로 돼?"

"네가 지금 여자애랑 연애놀음이나 할 때니? 너 계속 내 말 안 들으면 청담동에 있는 주상 복합 아파트 너한테 상속 안 할 거야. 너 빈털터리 만들 거라고! 알아!"

"그 아파트 누가 달라고 했어? 주지 마! 나 그딴 것 다 필요 없어!"

나도 모르게 소리를 지르며 기타를 바닥에 내던진 후 벽을 주먹으로 쳤다. 그 벽은 이미 형이 여러 번 주먹으로 쳐대 움푹 파여 있었다. 엄마는 기어이 내 주먹에 피가 나는 꼴을 보고야 입을 다물었다. 엄마는 재산 상속이란 치사한 말로 우리를 협박하는 게 일상이었다. 청담동에 있는 주상 복합 아파트가 현재 몇십 억을 호가한다는 것쯤은 알지만 내겐 통하지 않는다. 난 형과 다르다. 아파트 때문에 평생 엄마의 노예로 살 수는 없다. 엄마가 또다시 날 부서뜨리려는 것 같아 나도 모르게 점점 난폭해졌다.

"넌 지금 뭐가 우선순위인지 전혀 모르고 있어!"

엄마가 입을 다무나 싶더니 나를 빤히 노려보며 한마디를 더 얹었다.

"엄마가 이런 식으로 한다고 나중에 엄마한테 고맙다고 할 것 같아?"

"너 인생이 그렇게 우스워?"

"인생이 우습지 않기 때문에 그러는 거야. 아들을 더 우습게 만들지 마. 난 독립할 거야."

"독립? 열일곱에 독립하는 애들이 네 주위에 있니?"

"주변 눈치 볼 거 없다며, 엄마가 그랬어."

"넌 지금 잠시 길을 잃은 거라고."

"엄마는 뭐가 그렇게 완벽해? 뭐든지 자신이 아는 길을 가지 않으면 길을 잃은 거야? 엄마 눈엔 내가 시체처럼 보이지?"

"뭐, 시체?"

"그래, 내가 죽은 듯이 숨죽여야만 엄마는 좋아하잖아. 난 점점 엄마가 끔찍해. 여기서 멈추고 싶어."

"선휘야, 엄마 좀 봐. 엄마는 세상에서 널 가장 사랑해."

엄마의 전략이 다시 바뀐 건지 이제 내게 나긋나긋한 목소리로 호소를 하고 있었다.

"하! 사랑, 사랑? 날 맘대로 하려는 게 사랑이라고!"

"선휘야, 너 왜 이리 거칠어졌어. 엄만 도무지 널 이해할 수가 없어."

엄마는 화를 누그러뜨리며 속삭이듯 말했다. 엄마의 태도를 이해할 수 없는 건 나였다. 어디서부터 잘못된 것인지 설명할 길이 없었다. 가끔 형처럼 될까 봐 두려웠다.

엄마와의 갈등은 날이 갈수록 점점 더 심해졌다. 엄마는 뜻대로 되지 않자 매일 나만 보면 으르렁댔고 상처 주는 말을 해댔다. 그래도 요지부동인 날 보고 엄마는 갑자기 용돈을 끊어버렸다. 그것은 엄마만의 최후 보복이었다.

"난 너에게 무한정 주지 않아. 네가 그 애랑 어울린다면 나도 이렇게 할 수밖에 없어. 세상은 아무 보상 없이 이루어지지 않거든. 네가 누린 게 그냥 얻어진 거라 생각하면 착각이야."

엄마는 학교는 가야 하니까 차비 정도는 주겠다는 태도였다. 고등학생이 된 이후로 돈을 쓸 곳은 많았다. 차비도 들었고 은빈과 만나려 해도 돈이 필요했다. 나는 종종 학교가 끝나고 차비가 없어 걸어서 집으로 왔다. 여덟 정거장을 걸어오며 차라리 잘됐다는 생각이 들었다. 엄마에게 치사하게 용돈을 구걸하기 싫었다.

나는 먼저 알바 사이트에 들어가 할 수 있는 일들을 찾아보았다. 그러나 고등학교 1학년이 할 수 있는 일은 많지 않았다. 청소년들은 알바로 배달 일을 가장 많이 하고 있었지만 나는 할 수 없었다. 오토바이 면허가 없었기 때문이다. 피시방 아르바이트나 편의점 아르바이트도 부모님의 동의가 필요했다. 미성년자가 할 수 있는 일은 별로 없었다.

30

형이 분노 조절 장애라는 건 공공연한 비밀이었다. 집안에서 엄마와 아빠가 허수아비로 전락하게 된 것도 바로 형의 분노가 제어되지 않던 그때부터였다. 엄마는 형이 던진 의자나 책 등에 맞아 병원 신세를 지는 걸 아주 익숙한 상황으로 받아들였다. 엄마와 몸싸움이 있는 날이면 어김없이 문짝이 부서졌고 집 안 물건들이 부서져 바닥에 뒹굴었다. 그래도 엄마는 형의 분노 조절 장애를 그리 중요하다고 느끼지 않았다. 엄마를 두렵게 하는 일은 오로지 형이 전교 1등을 놓치는 일이었다. 그것만큼 충격적이고 우울한 일은 없었다. 형은 다행히 머리가 좋은 덕에 마음만 먹으면 1등하는 일이 어렵지 않았다. 문제는 지루함을 견디지 못하는 영재들의 특성이었다. 엄마는 형이 1등을 놓치지 않는다면 그 정도쯤은 견딜 수 있는 일이라 여겼다. 그저 형을 책상에 앉히고 공부에 집중하게 만드는 것에만 관심을 두었다.

그즈음 대종 이모가 집을 나갔다. 엄마와 대종 이모는 교육 문제로 말다툼을 자주 일으켰다. 엄마는 대종 이모에게 많이 의존하면서도 교육 문제만큼은 양보하지 않았다. 대종 이모는 엄마의 양육 태도에 태클을 걸었고 결국 엄마는 대종 이모에게 이 집에서 나가달라고 억지소리를 해댔다. 그 말은 엄마의 진심은 아니지만, 화를 참지 못한 엄마는 기어이 분을 이기지 못하고 대종 이모의 심기를 건드렸다. 그렇게 어느 날 대종 이모가 감쪽같이 사라졌다.

엄마는 대종 이모가 나간 빈방을 보며 허탈한 표정을 지었고, 그 자리서 바로 대종 이모에게 전화를 걸었으나 전화기는 꺼져 있었다. 대종 이모는 엄마를 대신해 우리를 사랑으로 품고 다독였다. 그런 이모가 집을 떠났다는 사실이 믿어지지 않았다. 비가 오나 눈이 오나 우리를 데리러 오는 사람은 대종 이모였다. 우리를 위해 새벽에도 기도하는 건 오로지 대종 이모의 몫이었다. 대종 이모는 가끔 엄마를 보며 넋두리처럼 혼잣말을 중얼거렸다.

"내가 이 꼴 보려고 이 집에 온 게 아니었어. 이제 내 힘으로 할 수 있는 게 없어. 쌍둥이 엄마는 뭐가 그리 불안하고 두려운 건지 몰라. 순리를 거슬러서 잘된 거 못 봤어."

대종 이모는 뜻을 알 수 없는 말들을 자주 했다.

31

은빈 엄마의 초대를 받았다. 내게 처음 있는 일이라 심장이 뛰었다. 은빈의 집을 방문했을 때 아줌마는 화장하지 않은 얼굴이었지만 한눈에 미인임을 알 수 있었다. 머리를 틀어 올린 덕에 학처럼 긴 목이 드러났다. 식탁에는 미리 준비한 음식들이 있었고 식사를 하는 동안 간간이 미소만 보일 뿐 내게 특별하게 많은 질문을 하지 않았다. 어쩌면 은빈이가 엄마에게 미리 부탁했을지 모른다는 생각이 들었다. 은빈은 사람의 마음을 빨리 읽고 배려해주는 따뜻한 아이다. 엄마에게 한 번도 느끼지 못한 감정이었다. 식사가 끝나고 음료를 마시는 동안 아줌마는 밖으로 나갔다. 은빈은 내게 손가락질을 하며 담배

피우는 시늉을 했다.

아줌마가 다시 식탁으로 돌아왔을 때 우린 이미 식사를 끝마친 뒤였다. 아줌마는 주방에서 멜론을 깎아 내오더니 포크로 멜론을 한 개 찍어 내게 건네주었다.

"오늘 식사 초대해주셔서 감사해요. 음식이 너무 맛있었어요."

"은빈이랑 같이 만든 거야. 우리 은빈이랑 친하게 지내줘서 고마워. 은빈이가 입버릇처럼 똑똑한 친구라고 자랑을 많이 했어."

"제가 은빈이한테 고마워요. 저랑 친구 되어줘서요."

"그렇게 생각해주니 더 좋구나."

아줌마는 내게 그 말을 한 뒤 방으로 들어갔다.

나와 은빈은 민트향이 나는 아이스크림을 디저트로 먹으며 좀 더 많은 이야기를 나눴다. 주로 뮤지컬과 작곡, 또는 요즘 읽고 있는 책 이야기 등 다양했다. 은빈에게는 참 이상한 매력이 있다. 상기된 얼굴로 열정적으로 말할 때 보면 그 열정이 내게 전염이 되어 덩달아 유쾌해졌다. 다른 면에도 충분한 매력이 있다는 사실을 깨달았다. 혼자 있기 심심할 때 수다도 떨어주고 자잘한 일상을 다양한 몸짓으로 표현했다. 공부를 빼면 아무것도 없다고 생각했던 것들이 점점 껍질을 벗겨내고 있었다. 엄마가 원하는 세계만이 세상 전부는 아니었다.

분명 은빈의 세상에서도 저마다의 꽃은 피고 있었다.

32

은빈의 집에서 나온 후 우린 영화관으로 향했다. 마침 블록 버스터 영화가 상영된다고 해서 예약했다. 영화관 스낵 코너 앞에서 은빈과 나는 팝콘과 콜라를 주문한 후 나오기를 기다렸다. 그런데 영화관 입구에서 익숙한 얼굴이 우리를 향해 걸어왔다. 한눈에 엄마라는 사실을 알 수 있었다. 엄마가 여기까지 날 쫓아왔다는 직감이 들었다. 마침 기다리던 팝콘과 콜라가 나와서 서둘러 팝콘을 가슴에 안았다.

"너…… 겨우 이 정도니?"

어느새 엄마가 우리 앞에 와서 신경이 곤두선 듯한 화난 눈으로 소리를 질렀다. 엄마는 내게 명령하듯이 소리 지르며 내 팔을 잡아끌었다. 내가 엄마의 팔을 뿌리치려고 하는 순간 손에 든 팝콘이 바닥으로 엎어지고 말았다. 그 순간 영화를 보려고 몰려든 매표소 앞의 사람들이 웅성거리며 우리에게 집중했다. 엄마는 사람들이 보든 말든 그런 건 하나도 중요하지 않았다. 은빈을 날라리라고 불렀고 어디서 전해 들었는지 은빈의 엄마가 미혼모라는 사실까지 떠벌렸다. 은빈은 이내 얼굴이 발개졌고 곧 울 것 같은 표정을 지었다.

내 인생에서 수백 번 반복되었던 엄마의 광기였다. 엄마는 지치는 법이 없다. 엄마의 입에서 뿜어 나오는 독가스가 서서히 내 몸에 스며들었다. 엄마의 혐오스러운 말들로 은빈은 표정을 잃었다. 지금 태도로 봐서는 곧 엄마의 억센 손이 은빈을 한 대 칠 기세였다. 은빈은 음악을 좋아하고 춤을 좋아하는 예민한 여자애다. 엄마의 욕심과는 거리가 먼 아이다. 엄마는 남의 감정 따위는 관심이 없다. 무심코 던진 말들이 마음을 베고 상처 줄 거라는 걸 모른다. 언제나 엄마는 그 애에게 상처 줄 권리가 있다고 생각했다. 엄마는 그 뒤에도 쉴 새 없이 울분에 찬 소리를 마음대로 질렀다. 마침내 은빈은 손에 들고 있던 콜라를 테이블에 올려 두고 영화관 입구 쪽으로 쏜살같이 사라졌다. 나는 그 애의 뒷모습을 보며 깨달았다. 내가 망가지고 있다는 것을.

"저것 좀 봐. 어른한테 죄송하다는 말도 안 하고 가는 게 진짜 싸가지 없네."

엄마의 마지막 말에 참고 있던 화약통이 터지고 말았다.

"제발 내 인생에서 꺼져! 그러지 않으면……."

내가 무슨 소리를 했는지 그다음부터 기억이 나지 않는다. 어쩌면 엄마를 죽도록 팼는지도 모른다. 무의식은 상상할 수 없을 정도로 힘이 셌다. 아마 형도 그랬을 거다. 자신이 제어

할 수 없는 분노가 이성을 뛰어넘어 어딘가에서 발화되었을 뿐이다. 미친 듯이 영화관 밖으로 뛰어나온 기억만 있다. 격한 감정의 소용돌이 앞에서 주체할 수 없는 에너지가 나를 몸부림치게 했다.

영화관 밖은 여전히 밝고 따뜻했다. 거리는 영화관 안에서 벌어진 소란을 알지 못했다. 더구나 은빈의 흔적을 찾을 수도 없었다. 세상을 경계하는 엄마는 단 한 번도 내 말에 귀 기울여준 적이 없는 사람이다. 내가 행복하길 바라기보다는 나 때문에 행복해지고 싶은 사람이다. 언젠가 은빈이 이런 말을 한 적이 있었다. 두려움과 배움은 함께 춤출 수 없다고. 나는 지금 무척이나 두렵다. 그렇다고 압도적으로 주는 공포감 따위는 없다. 그러나 난 절대 형처럼 분노 조절이 안 되는 사람이 되고 싶지 않다.

엄마는 가족 상담사의 말도 담임의 말도 거부했던 사람이다. 자기를 뺀 모두의 말은 믿을 수 없고 중요치 않게 여겼다. 나는 이제 엄마와 함께 밥을 먹을 수도 잠을 잘 수도 없다. 그냥 엄마의 목소리를 듣는 것조차 혐오감이 일어 구토가 날 지경이다. 이제 엄마에게 맞설 자신이 없어졌다. 영화관에서 엄마에게 했던 마지막 말이 이제야 생각이 났다. 난 무릎을 꿇고 두 손을 모아 빌었다.

"엄마, 제발 날 이대로 놔둬! 난…… 난…… 형처럼 되기 싫어!"

처음으로 다섯 살 아이처럼 엉엉 울고 말았다. 나는 겨우 열일곱 살인데 삶에 지쳐버린 것 같았다. 내 속에 우는 아이의 소리만 들렸고 그 아이 혼자 엄마를 감당하기엔 너무 버거웠다.

33

며칠이 지났다. 그동안 내 속은 콜라의 기포처럼 부글거렸다. 생각해보면 그날 은빈을 붙잡았어야 했다. 머릿속은 온통 은빈의 생각으로 가득 찼지만 연락할 엄두도 내지 못했다.

밤이면 그 애를 떠올렸다. 그 애의 붉은 머릿결과 다리의 떨림이 내게 전해 오는 것 같았다. 노래하듯 유연한 목소리가 귀를 간질거렸다. 한 번도 느껴보지 못한 기분이지만 싫지 않았다. 이상한 건 그 애를 생각하면 형을 잠시 잊을 수 있었다는 점이다. 어두운 꿈을 꾸지 않을 수 있다는 안도감이 있었다. 빠른 시간에 내 머릿속을 그 여자애가 점령했다. 은빈은 사람을 끌어당기는 힘이 있었다. 그것은 블랙홀과 같아 그 애 안으로 빨려 들어가버린 느낌이다. 꼭 은빈이 내 곁을 떠날 것 같았다. 잠들기 직전까지 휴대폰을 만지작거렸다. 문자를 썼다 지웠다를 반복했다.

쾅쾅쾅, 내 방문을 수시로 두들겨대는 엄마 때문에 그마저도 포기했다. 알 수 없는 불안감과 두려움을 견디며 이불을 뒤집어썼다. 밤이 길었다.

오후에 광장에서 은빈과 마주치고 말았다. 준비 없는 만남이었다. 그렇다고 마냥 피할 수는 없었다.

"아……. 안녕."

난 어색하게 웃으며 인사를 건넸다.

"응……. 그래."

은빈 역시 어색한 대답이다.

은빈의 얼굴을 보니 긴 머리가 귀밑머리로 짧게 잘려나간 단발의 모습이었다.

"머리 잘랐네. ……그 일 때문이니?"

"그냥 변화를 주고 싶어서……."

"뮤지컬 때문에 머리 길렀던 거 아냐?"

"그렇긴 한데 지금 더 중요한 건 내 마음이야. 머리는 또 길거고 필요하면 가발을 사용해도 돼."

은빈의 단호한 목소리에 기가 눌리는 것 같았다.

"지난번 일 미안해. 엄마 때문에……."

"아……. 아니, 신경 쓰지 마."

은빈은 여전히 웃음기 없는 얼굴로 대꾸했다.

"난…… 신경 쓰여."

"신경 쓰인다는 애가 일주일이 넘도록 모른 척했어?"

은빈은 내게 서운한 듯 말했다.

"그냥…… 겁이 났어. 사실 엄마의 행동을 어떻게 설명해야 할지 몰라서……."

"너의 엄마 말대로 내가 날라리라고 생각하니?"

은빈은 한 치의 망설임 없이 물었다.

"그런 생각 한 적 없어. 단 한 번도."

"아줌마가 날 날라리로 생각하든 뭐든 난 괜찮은데, 엄마가 미혼모라서 갖는 편견은 좀 힘들더라."

"은빈아, 난 너희 엄마 좋은 사람이라는 거 알아. 엄마 생각은 중요치 않아. 사실…… 나도 너한테 말 못 한 게 있어. 우리 엄마가 저러는 건 이유가 있어. 나한테 쌍둥이 형이 있다고 했지. 사실 형은 여행 간 게 아니고 작년에 자살했어."

그동안 내게 일어났던 일들을 은빈에게 대충 이야기해줬다. 은빈은 의외로 놀라지 않고 그저 내 말을 묵묵히 들었다. 그동안 숨겨왔던 일들을 통해 은빈을 이해시켜야 할 차례였다. 그래야 조금이라도 은빈의 마음이 풀어질 것 같았다. 은빈은 내가 하는 말을 곰곰이 듣기만 했다.

"그러니까 우리 엄마가 네게 했던 말 잊어라. 우리 엄마, 형 때문에 정상 아냐."

은빈은 내 말이 끝나자 기다렸다는 듯이 말을 이었다.

"너도 엄마 때문에 힘들었겠다. 다 이해할 순 없지만 노력은 해볼게."

은빈의 무거웠던 목소리가 조금 가볍게 느껴졌다.

"이해해줘서 고맙다."

"그렇다고 맘 놓지 마라. 뮤지컬 대본에 이런 말이 있더라. 인생은 선행 학습이 안 되는 거라고. 사람은 다 입장이 다르잖아."

"야, 선행 학습 지긋지긋하다. 그나마 인생은 선행이 안 된다니 다행이지 뭐. 김은빈, 내가 엄마 대신해서 사과할게. 정말 미안해."

나는 진심으로 은빈에게 사과했다.

"내가 맘이 좀 넓긴 하지. 음악 하려면 편견이 없어야 하고 사람을 많이 이해해야 한대. 우리 음악 쌤이 그랬어. 그렇다고 너의 엄마가 한 말, 다 잊기는 쉽지 않을 거야."

"너 많이 힘들었구나."

"나 로봇 아니고 사람이거든. 너 앞으로 나한테 더 잘해야 할 이유가 하나 더 생겼네."

"너 진짜 마음이 넓다. 나 같으면 너 안 봤을지도 몰라."

"아하, 그래. 너 범생이지. 너 같은 애들은 무슨 일만 있으면 비겁하게 숨더라."

"야, 나 비겁하지 않거든."

"그래? 지켜보겠어. 너 여기서 나 안 봤으면 계속 연락도 안
했을 거 아냐?"

"그건 아냐. 잠시 고민이 좀 많았어."

"마음 넓은 내가 믿어준다."

은빈은 웃으며 날 바라보았다. 광장 어딘가에서 달달한 솜
사탕 냄새가 은은하게 퍼졌다.

34

2학기가 끝나갈 무렵, 내 성적은 전교 100등 밖으로 밀려났
다. 나는 내신을 포기했고 모의고사를 백지로 냈다. 위대한
성적표였다. 돈으로는 절대 살 수 없는 성적표였다. 세상에
꼴찌와 1등은 정해져 있지 않았다. 언제든 자리가 바뀔 수 있
었다. 사마천의 『사기』를 읽었고 『벤허』를 원서로 읽은 아이
에게는 일어날 수 없는 일이었다. 그것은 엄마와 거룩한 전쟁
선포였다.

새를 잡으려는 포수는 어떤 방법으로 사냥감을 찾을까? 엽
총, 새그물, 끈끈이 등불? 형이 어느 날 내게 불쑥 물었다.

"방법은 이루 말할 수 없이 많지."

형은 꼭 새를 잡는 포수와 같았다. 엄마는 온갖 회유로 나를 달래고 얼렀다. 그러나 나는 꿈쩍하지 않았다. 절망의 거인이 손을 뻗쳐 오는 것 같았다. 엄마는 나를 향해 소리를 질렀다. 엄마는 언제나 수치에 대항하여 싸웠다. 수치가 우리에게 유익을 준 적은 없었다. 우린 점점 쓸모없는 짓의 행복을 알아갔다. 살면서 한 번쯤 생각해볼 만한 일이었다. 나만의 상상의 왕국을 찾아가고 있었다. 형이 사라진 것처럼 나도 곧 사라질 것 같아 두려웠다. 내 영혼을 악마에게 넘긴 듯 걷잡을 수 없이 비뚤어졌다.

나는 천천히 교문을 나섰다. 학교에 가는 것보다 집으로 가는 게 싫었다. 학교에서 배웠던 이상적인 것들이 내게는 다 무용지물로 느껴졌다. 광장을 배회하는 아빠, 명문대 병에 걸린 엄마, 자살한 형, 무기력해진 나……. 지난 수년간 배운 것들이 의미 없어 보였다. 집으로 가는 길이 점점 멀어졌다. 어느새 발걸음은 집에서 떨어진 아파트 놀이터에 와 있었다. 놀이터의 정글짐 안에 들어가 웅크렸다. 정글짐 안은 집보다 훨씬 편했다. 눈을 감았다. 잠은 오지 않았지만 몽롱했다.

눈앞에 핼러윈 축제에 참여한 사람들이 잔뜩 흥분해 있다. 형은 흰색 애벌레 귀신으로 변신해 축구 잡지를 정독하고 있었다. 나는 공포 영화 〈쏘우〉의 주인공 '직쏘'로 변신했다. 직쏘 가면과 가발을 쓴 채 우산을 내팽개치고 축제 인파에 쏠려 갔다. 대략 스무 명이 넘는 밴드 팀에 끼어 우렁찬 트럼펫 소리를 울리고 비명과 환호를 들었다. 푸른색으로 뒤덮인 광장 위로 드라큘라 분장을 한 사람이 어깨춤을 들썩이며 흥겨워했다. 형과 나는 그 속에서 처음으로 행복해했다.

정글짐에도 달이 떴다. 하늘에는 보름달에 가까운 달이 높이 걸려 있었다. 달빛이 하얗게 보였다. 6월 초의 날씨치고 덥지도 춥지도 않은 날이었다. 놀이터 주변은 어둡고 사람들이 보이지 않았다. 남겨진 숙제가 있는 사람처럼 쉽게 정글짐을 떠날 수 없었다. 엄마는 언제나 자신이 얻고 싶은 걸 끝까지 얻어내고야 마는 사람이다. 엄마는 특권층이 누리는 모든 걸 다 누려야 행복하다고 생각한다. 내 고통 따위는 중요하지 않았다. 이 시간을 얼마나 더 견딜 수 있을지 하늘 위에 떠 있는 보름달에게 물어보고 싶었다.

35

엄마는 영화관 사건 이후 내 방에 매달려 노크를 하며 나와 대화를 시도했다. 그러나 나는 침묵으로 일관했다.

"제발 예전으로 돌아가면 안 되니?"

엄마의 낮은 목소리가 문밖에서 들렸다. 또다시 애원했다.

"앞으로 너한테 아무것도 요구하지 않을게. 그냥 제자리에 돌아오는 거야."

난 문을 열지 않았다. 엄마와 시선을 맞추고 대화를 하다 보면 마음이 약해질지도 모를 일이었다.

"엄만 그냥 너랑 대화가 하고 싶은 거야, 대화가! 그날 이후 엄마가 많은 생각을 했어. 네 나이는 변덕이 많은 나이야. 나도 그랬거든. 넌 많이 변했어. 예전의 너는 엄마가 목표를 정하면 함께했어. 정말 착한 아들이었지."

나는 열두 살의 소년으로 돌아갈 수 없음을 알고 있었다. 엄마는 열두 살의 형과 나를 그리워했다.

"형은 이 싸움에서 졌지만 난 이길 거야. 입술이 깨지고 뒤로 넘어져도 나는 일어설 거야."

"제발 형 이야기는 하지 마. 넌 형이 아니야."

"형이라면 그렇게 행동하지 않았어."

형 대신 내가 죄를 뒤집어쓰지 못한 것에 대한 불만이 아직도 엄마 마음속에 있는 것처럼 보였다.

"난 형이 아냐. 그러니까 내게 형이 되길 강요하지 마. 내가 어떤 마음인 줄 알아? 처음부터 난 태어나지 않았으면 좋았겠어! 그냥 엄마의 아들이 되고 싶지 않다고…….”

엄마는 내 말을 방문 앞에서 묵묵히 듣고 있었다.

“형이 죽은 건 다 엄마 때문이야. 형은 결국 자기 뜻대로 살지 못하고 엄마 뜻대로 살다가 시궁창에 빠진 등신이란 말이야. 난 형과는 달라.”

“그만해! 네가 어떻게 그런 말을 할 수 있니?”

엄마의 목소리는 떨리고 있었지만 완고했다. 엄마의 말소리를 듣자 내 몸이 점점 굳어지는 것을 느낄 수 있었다. 마지막 남아 있던 작은 기대감도 여지없이 무너뜨렸다.

“그런 소리 들을 때마다 돌아버릴 것 같아.”

엄마는 자신이 무엇을 잘못하고 있는지 조금도 알지 못하는 사람이다. 진짜 시커먼 시궁창에 빠진 쥐처럼 기분이 눅눅하고 더러웠다.

그날 밤 나는 광장만 수십 차례 맴돌았다. 엄마에게 들었던 말들은 분노에 가까운 불쾌감이었다. 가슴이 답답해 큰 숨을 들이쉬었다. 가출이라도 해서 엄마의 속을 뒤집어놓을까. 그러면 내 존재를 인정해줄까. 우리가 쌍둥이로 태어났다는 이유만으로 희생을 요구하는 짓은 〈동물의 왕국〉에서나 먹힐 이야기라고 소리치고 싶었다. 문제아 흉내를 내며 엄마의 속을 긁어야 엄마가 자신의 잘못을 인정할까. 언제까지나 형의 아바타 노릇을 하고 있을 순 없었다.

엄마는 우리 쌍둥이 형제가 어려서부터 공부를 하지 않으면 잠을 재우지 않았고, 우리가 가지고 노는 장난감 대신 책으로 거실을 모조리 채워두었다. 거리의 핫도그를 먹다가 엄마에게 들켜버려 핫도그가 쓰레기통으로 던져진 일, 거실 구석에 세워둔 여러 개의 오동목 등이 스쳐 갔다. 그리고 화장실에서 본 형의 마지막 모습. 모든 게 한꺼번에 선명하게 떠올랐다. 그 순간 구토가 시작됐다. 기억을 지우고 싶었으나 머릿속은 지워도 지워도 흔적이 남아 있었다.

36

집에 들어가기 싫어 무작정 거리를 배회하다 간 곳은 청소년 쉼터였다. 쉼터에는 가출 청소년들이 많았다. 무료로 숙식을 제공해주고 상담해주는 곳이라 다양한 아이들이 많았다. 나는 일주일 정도만 있을 생각으로 머물기로 했다. 일주일 동안 내 미래에 대해 정리할 시간이 필요했다. 쉼터에는 생각보다 무서운 아이들은 없었다. 내가 입소한 그날, '러브 투게더'라는 행사가 열렸다. 쉼터 마당에는 천막과 기둥이 세워지고 학교 밖 청소년들을 위한 무료 푸드 트럭이 왔다.

"축복합니다. 사랑합니다. 하이파이브!"

밥차에서 내린 봉사단원들이 우리를 향해 이렇게 소리쳤다.

쉼터 마당에 밥차가 온 것도 신기했고, 학교 밖 아이들과 밥을 먹는 경험도 내게는 처음이었다. 나는 스스로 선택해 쉼터로 왔지만 어색했다. 그래서 다시 쉼터 건물로 들어가려 할 때 어깨를 툭 건드리는 누군가의 손길이 있었다.

"너 여기 처음이지? 밥 먹고 들어가. 밥차가 일주일에 한 번 오는데 오늘이 그날이거든. 너 운이 좋네."

어깨에 방패 문신을 한 아이가 내게 말했다.

"난 저 밥차 오는 날만 여기서 지내. 여기서 먹는 밥이 너무 좋아 고정으로 오는 아이들도 여럿 있어. 우리 같은 애들은 집보다 여기서 주는 밥이 더 맛있어."

이곳은 아이들 사이에 입소문이 난 모양이었다.

그때 제복을 입은 경찰 아저씨가 내게 다가왔다. 나는 경찰 제복을 보고 놀라 움찔했다. 혹시 엄마가 내 문자를 보고 가출 신고를 한 게 아닌가 싶었다.

"너 신입이구나. 이름이 뭐니?"

"황선휘요."

"반갑다. 얼마 동안 있을 계획이니?"

"일주일쯤이요."

"그래, 여기서 푹 쉬고 가거라."

아저씨는 내게 왜 이곳에 왔는지 묻지 않았다.

"진호는 안 왔니?"

아저씨가 방패 문신을 보며 물었다.

"걔 보호 관찰 중이에요."

"그럼 2년간 조심해야겠구나. 너 이번 주에 경찰서 구경하러 와라. 친구들하고 와도 돼."

"진짜요?"

"그래. 선휘 너도 내가 필요하면 언제든 연락하고."

아저씨는 내게 경사라는 직함이 박힌 명함 한 장을 건네주었다.

잠시 후 푸드 트럭에서 밥과 국, 샐러드, 돼지 불고기와 총각무까지 식판에 담아 와 한 끼 식사를 했다. 우거지 된장국이 뜨끈한 게 맛있었다. 학교에서 시간에 쫓겨 밥을 먹을 때랑 완전히 달랐다. 청소년 심야 식당에서도 아이들이 모여 밥을 먹었다. 식사하는 동안 비행 청소년이라고 불리는 가출 청소년들이 이렇게 많은지 처음 알았다.

그날 처음으로 쉼터에서 첫날밤을 보냈다. 나는 문신한 아이 옆에서 자게 되었다. 도무지 잠자리가 익숙하지 않아 뒤척였다.

"넌 여기에 어울리지 않아. 우린 딱 보면 알아."

방패 문신이 내게 등을 돌린 채로 던진 말이었다.

"어울리지 않는 애란 없어. 집이 싫은 아이들은 많아. 그저 참고 있는 것뿐이야."

"참을 수 있다는 건 내가 보기엔 사치야. 우리 아버진 입에서 나오는 말이 맨날 욕설이었어. 술 먹고 행패 부리는 건 기본이고 매질을 해대는데 딱 죽지 않을 만큼 때려. 더구나 내게는 아주 무관심이지. 학교에서 뭐가 필요한지 아예 몰라. 이대로 있다가는 죽거나 아니면 바보 되는 거야. 아빠를 이겨 보려고 이 팔에 방패 문신도 새긴 거야. 그래서 집에서 탈출했어. 난 내게 힘이 생길 때까지 집으로 돌아가지 않을 거야."

방패 문신의 말을 들으며 세상에는 이해 안 되는 어른이 많다는 생각이 들었다. 누군가는 지나친 관심으로 지쳐가고 또 다른 아이들은 무관심에 지쳐 영혼이 죽어간다.

다음 날, 엄마의 전화가 왔지만 받지 않았다. 친구 집에 가 있으니 걱정 말라는 문자를 넣었으나 엄마는 믿지 않는 모양이다. 사실 하룻밤 잠을 재워줄 친구가 없다는 걸 엄마는 알고 있다.

무단결석으로 인해 담임에게도 전화가 왔다. 나는 담임 선생님에게 몸이 아파 결석하는 거라고 변명을 했다. 담임은 믿지 않은 눈치였지만 할 수 있는 일은 아무것도 없었다. 모든 건 내 마음에 달려 있었다.

오후에 방패 문신이 수학 문제집을 들고 내게 왔다.

"이건 검정고시 문제집이네."

"두 달 후에 고입 검정고시 봐야 하는데 공부를 안 해놔서 그런지 좀 힘드네. 비록 검정고시지만 고입, 대입 다 통과한 후 아버지 보란 듯이 대학 갈 거야. 난 교사가 되고 싶거든."

방패 문신이 수줍게 말했다.

"난 여기 며칠 더 있을 거야. 그동안 아는 건 가르쳐줄게."

최악의 상황에서도 공부를 포기하지 않은 방패 문신의 모습이 대견해 보였다.

이곳에 머물면서 서로 도우며 웃고 떠들며 같이 밥을 먹다 보니 거리의 아이들에 대한 편견이 엷어졌다. 이곳을 찾은 아이들 중 단기로 있는 아이들은 적었다. 돌아갈 곳이 없거나 집이 없는 아이들도 있었다.

방패 문신은 조금 느리지만 나름 노력하는 모습이 보기에 좋았다. 그 애는 국어와 과학을 어려워했다. 일주일이라는 시간은 그 애 때문에 너무 빨리 지나고 말았다. 그 애를 가르치면서 확실히 알게 된 사실이 있다면, 그건 누군가를 돕는 일은 굉장히 의미가 있다는 것이다.

쉼터에서 보낸 마지막 날, 방패 문신이 경찰서에 놀러 가자고 했다. 지난번에 본 아저씨가 근무하는 곳이다. 그 애를 따라 경찰서를 방문했다. 마침 아저씨는 근무 중이었다. 우리가 경찰서 문을 열자 아저씨는 올 줄 알았다는 표정으로 우리를 맞이했다.

"잘 왔다. 마침 밥 먹으러 가던 참이야. 우리 밥팅 하자."

아저씨는 우리끼리 쓰는 밥팅이란 말을 했다. 그 말에 긴장했던 마음이 풀리고 말았다. 아저씨는 밥팅을 하러 가기 전, 먼저 경찰서 내부를 구석구석 안내해주었다. 경찰서 내부는 생각보다 컸다. 형 문제 때문에 경찰서를 방문했을 때와는 느낌이 달랐다. 아저씨와 경찰서 내부 구경을 다 한 뒤 근처 햄버거 가게로 이동했다.

아저씨는 우리에게 햄버거와 콜라를 시켜주었다.

"아저씨는 왜 집 나온 애들에게 잘해줘요?"

나는 햄버거를 한 입 베어 물고 물었다.

"여기서 일하다 보면 문제를 일으키는 애들이 많이 오지만, 나는 걔들이 밉지 않아. 나도 청소년 시기에 많이 방황했거든. 가출했던 기억도 있고 해서 애들이 왜 마음을 못 잡는지 알아. 그래서 자꾸 가까이하게 돼."

"진짜 아저씨도 모범생 아니었어요?"

방패 문신이 놀랍다는 듯이 물었다.

"모범생 근처도 못 갔어. 믿지 않겠지만, 난 그 시절에 세상을 꽤 증오했어. 그런 부정적 생각들이 날 병들게 하고 못 일어서게 했어. 그때 불미스러운 일로 경찰서에 가게 되었는데 경사 한 분이 형처럼 고민도 들어주고 멘토 역할을 해주셨어. 그 덕에 지금 내가 있게 된 거야. 환경을 탓해봤자 나만 손해라는 걸 뒤늦게 알았어. 오히려 내 환경을 어떻게 바꿀까 고민하는 게 더 필요한데, 아이들은 환경만 탓할 뿐이지 일어서는 법을 몰라. 난 그걸 가르쳐주고 싶어."

아저씨는 담담하게 우릴 보며 말했다. 나는 아저씨를 보며 진짜 어른을 보는 것 같았다.

37

쉼터에서 집으로 돌아왔다. 집에는 뜻밖의 손님이 와 있었다. 대종 이모가 거실에 앉아 있었다. 대종 이모는 나를 보자마자 감정이 북받치는 듯 현관까지 달려 나와 나를 안으며 눈물을 훔쳤다.

"에고, 우리 강아지 안 본 사이 많이 컸네. 힘들었지."

감정을 애써 참는 듯 대종 이모의 목소리가 떨렸다. 대종 이모의 방문은 정말 뜻밖이었다. 내가 가출한 사이 대종 이모가 암자 생활을 정리하고 서울에 잠시 올라와 엄마에게 연락한 것이었다. 대종 이모는 그동안 작은 암자에 기거하며 세상과 거리를 두느라 휴대폰도 꺼두었다고 했다.

잠시 뒤 엄마가 현관문을 열고 들어왔다. 엄마는 나를 보자 눈을 치켜떴다.

"돈 떨어지고 배곯으면 갈 데가 집밖에 더 있겠니? 그래, 나가보니 힘들지? 그래도 등 따스운 집에서 공부하는 게 세상 쉬운 일이야. 엄마가 생각해둔 게 있어. 이리 와서 앉아봐."

엄마는 내가 없는 동안 뭔가 준비한 사람처럼 상기된 표정으로 말했다. 대종 이모는 엄마와 나의 눈치를 살피며 서로 대화로 푸는 게 좋을 것 같다고 훈수를 뒀다. 엄마는 더 기다릴 것도 없다는 듯이 속사포처럼 말을 꺼냈다.

"너 미국 가. 1년 정도 랭귀지 스쿨 다니면 너 정도면 충분히 거기 애들 따라잡을 거야."

엄마는 내게 미국에 있는 학교를 제안했다. 엄마는 아직 포기한 게 없었다. 또다시 내 진로를 마음대로 결정했다. 엄마는 내 거취를 이야기하며 내 얼굴을 똑바로 보지 않았다.

"나는 네가 한국보다는 미국에서 공부하는 게 더 맞을 것 같아."

"왜 그런 생각을 했는데?"

"넌 스스로 혼자 하는 걸 좋아하잖아. 그리고 너 방학 때 미국으로 어학연수 다녀오면 늘 미국 가서 공부하고 싶다고 했잖아."

엄마는 아직도 내 머리통이 커진 걸 모르는 사람처럼 굴었다. 엄마 말이 틀린 건 아니다. 형과 나는 초등학교 때 방학마다 미국으로 어학연수를 다녀왔다. 어린 맘에 피부색이 다른 아이들과 만나는 게 싫지 않았다. 그러나 지금 나는 열일곱, 그때와 모든 게 달라져 있다. 더구나 도피하듯 가는 유학은 최선이 아니다.

"엄마가 날 알아? 내가 뭘 좋아하고 원하는 게 뭔지 모르잖아. 뭐든지 엄마 맘대로 날 만들려고 해. 나는 그런 태도 때문에 돌아버릴 것 같아!"

"그럼 내가 널 만들었지 누가 만들어?"

엄마는 내게 무표정한 얼굴로 되물었다. 엄마는 지금도 오로지 공부에 대한 생각으로 가득 차 스스로 무엇을 잘못했는지 모르고 있었다.

"나한테 필요한 게 진짜 공부라고 생각해? 미안한데 난 엄마가 원하는 걸 해줄 수 없어."

단호한 내 말에 엄마의 앙다문 입술이 바르르 떨렸다. 그리고 급기야 비명을 질렀다. 더는 엄마와 말하기 어렵다. 엄마는 내 방에 있는 책들이나 가방 심지어 노트북까지 날 향해 던졌다. 나는 저항하지도 소리를 지르지도 않았다.

"너 뭐가 그렇게 대단해서 엄마를 힘들게 해. 다른 아이들은 미국 못 가서 안달이야!"

'넌 나약해 빠졌어.'

엄마는 늘 이런 식으로 말하며 자존감을 무너뜨렸다.

"이제부터 내가 하고 싶은 대로 하려고."

"그게 뭔데?"

"지금 생각 중이야. 일단 휴학부터 하고 싶어. 나한테 1년만이라도 안식년이라는 걸 주고 싶어. 그리고 다시 학교에 복학해도 늦지 않아."

"미친놈, 네가 교수나 의사라도 돼?"

엄마의 흐릿한 눈동자가 날 노려보더니 이내 미친 듯이 춤을 추었다. 그리고 연약한 팔로 날 미친 듯이 주먹질해댔다.

"그냥 제발…… 날 놔두라고!"

난 포효하는 사자처럼 소리 질렀다.

"난 엄마가 지긋지긋해 견딜 수가 없어. 이제 이 싸움도 끝을 내야 할 것 같아. 내 방에 있는 상장과 트로피들도 다 지겨워. 강요 때문에 만들어진 것들 다 갖다 버려! 저 벽에 덕지덕지 붙여놓은 좌우명도 다 뜯어버리고, 완벽한 성격도 버리고! 그냥 엄마가 날 있는 그대로 인정했으면 좋겠어."

"선휘야, 엄만 널 위해서……."

"그만! 그만해. 날 위해서라는 말, 그 말이 내 목을 조인다고!"

나는 눈물범벅이 되어 소리치며 뒷말은 끝까지 하지 못한 채 방에서 튀어나갔다. 이상한 일이었다. 거실로 나오자 형의 마지막 모습이 눈앞에 어른거렸다.

"선휘야, 선휘야!"

그 소리는 형이 나를 부르는 소리였다.

"혀엉."

나는 그 순간 다시 일곱 살의 아이가 되어버렸다. 그 소리는 형이 안방 화장실에 숨어 나를 부르던 소리였다.

"선휘야, 선휘야!"

나도 모르게 베란다 창 쪽으로 걸어갔다. 창은 열렸고 내 눈은 허공을 바라보았다. 하늘빛이 아주 파랗게 개어 있어 운동하기 좋은 날이었다. 저 하늘을 향해 달리고 싶다. 자유롭게. 하늘에서 형의 얼굴이 어렴풋이 보였다. 형은 날 향해 손짓했다. 형이다! 형의 얼굴은 어린아이처럼 천진했다. 어릴 적 장난기 많던 형의 얼굴이었다. 형과 놀던 그 시절이 떠올랐다. 내가 가까이 다가갈수록 형은 멀어져갔다. 갑자기 하늘이 어둑해지더니 이상한 기운이 내 몸을 감쌌다. 세상이 나에게서 멀어지려는 것 같았다.

"혀엉, 혀엉!"

나는 형에게 가려고 열린 베란다 창으로 다가갔다. 내 몸이 허공을 향해 나아가려 하던 그때였다.

"선휘야, 안 돼!"

숨이 끊어지듯 내 이름을 부르는 누군가의 소리가 들렸다. 그리고 누군가의 악력에 의해 내 몸이 바닥으로 뒹굴었다. 그제야 나는 꿈에서 현실로 돌아온 사람처럼 내가 어디에 있는

지 깨달았다. 그 순간 정신을 차려보니 엄마가 내 몸을 끌어 안고 있었다.

"선휘야, 그러지 마. 이건 아니야! 엄마가 잘못했어, 제발!"

엄마는 몸부림치며 소리쳤다. 그러나 그 말조차 왱왱거리며 귀에 들리지 않았다. 내가 어떻게 그런 행동을 했는지 머릿속이 혼란스러웠다. 그 순간의 나는 내가 아닌 것 같았다. 사람이 죽는 건 한순간이었다. 형도 그랬을까. 이건 내가 원하는 게 아니다. 자살은 세상에 대한 도피라는 생각을 잊어본 적이 없다.

그 순간 나는 깨달았다. 형의 죽음은 결국 이 집에서 만들어낸 결과였다. 형은 결국 자신만의 상상의 왕국을 찾아갔다. 형은 지도에서 사라진 섬처럼 그렇게 현실에서 벗어났다. 내 영혼을 악마에게 팔아넘기듯 할 순 없다. 나만의 빛이 점점 사라지기 전에 행동해야 한다는 것을 어렴풋이 알고 있었다. 내가 저항한 건 오로지 살기 위해서였다.

전혀 예상치 못한 내 행동에 엄마는 거의 정신을 잃을 정도로 넋이 나가 있었다. 그리고 혼자 중얼거렸다. 엄마의 사과는 너무 늦어버렸는지 모른다. 엄마에게 처음 들어보는 뉘우침의 말이었지만 그 말조차 거짓 같았다. 이 말을 듣기까지 엄마와 나는 너무 오랜 시간 싸웠다. 내 머릿속에서 몇 번이나 엄마의 존재를 없애보았지만 아픈 건 나였다. 엄마는 거실 바닥에서 큰 소리로 울었다. 엄마의 통곡에도 나는 아무 느낌이 없었다. 사랑과 증오는 온도가 서로 닮아 가끔 헷갈린다. 마음이 아이스크림 녹듯 쉽게 풀리지 않아 너무 힘들다. 대종 이모가 나와 엄마를 진정시켰으나 지쳐버린 엄마는 결국 어지러움을 이기지 못하고 방에 가서 눕고 말았다.

"선휘야, 아까는 왜 그랬어? 이모는 지금도 심장이 두근거려."

대종 이모가 내 방으로 건너와 낮은 소리로 말했다.

"저도 모르겠어요. 왜 그랬는지. 엄마와는 대화가 되지 않아요."

"아무리 힘들어도 그러면 못써. 네 형 그리된 것도 모자라 너까지……."

이모는 잠시 눈물을 글썽거리며 울먹였다.

"그동안 많이 힘들었지? 네가 말 안 해도 다 알아. 건휘가 죽은 후 너무 힘들었어. 네 엄마한테 괜히 그 도인을 소개해주었나 싶고 별별 생각이 다 들더라. 네가 이리된 것도 다 내 책임인 것 같아서……. 어른들 욕심 때문에 벌어진 일인데 피해는 너희들이 고스란히 받는구나. 내가 대신 사과하마. 네 맘이 회복하는 데는 시간이 걸리겠지만, 지나고 나면 생각만큼 심각하지 않더라."

이모는 그 말을 하며 내 머리를 쓰다듬었다.

"자식 마음을 헤아리는 게 그렇게 어려운 일인지 이모는 경험이 없어서 모르겠더라. 그래도 이모는 언제나 네 편이야. 그렇다고 오늘 네가 한 행동이 잘한 건 아냐. 엄마 일어나면 그 일은 사과하렴."

대종 이모는 내 손을 잡으며 당부를 했다. 이모는 언제나 온화하고 관대했다. 나는 감정이 북받쳐 이모의 품에 안기며 울었다. 이모 말대로 시간이 지나면 별일이 아닌 것처럼 될 수 있을까? 나는 지금 아무것도 판단할 수가 없다.

엄마가 저녁에 눈을 떴다. 엄마는 눈을 뜨자마자 나부터 찾았다. 나는 엄마 앞에 서는 게 두려웠다. 내가 한 행동이 엄마에게 얼마나 힘든 일인지 어렴풋이 알고 있었다. 엄마는 내가 방으로 들어서자 무표정하게 바라보았다. 잠시 어색한 침묵이 흘렀다.

얼마나 시간이 흘렀을까.

"선휘야, 엄만 왜 이렇게 어리석은지 모르겠다. 건휘를 잃고도 정신을 못 차렸으니……."

엄마의 입에서 형의 이름이 나오면서 또다시 흐느끼기 시작했다.

"내 욕심 때문에 건휘가 그렇게 됐어. 그리고 이제 너까지……. 안 돼! 내가…… 건휘처럼 너를 잃게 될까 봐……. 그래서 점점 분별을 잃은 거야."

엄마의 입에서 형 이름이 나올 때 내 심장이 미친 듯이 춤을 추었다. 마음속 어딘가에 꾹꾹 눌러두었던 둑이 무너진 느낌이다. 엄마는 내게 잘못을 저질렀다는 사실을 알고 있었다. 사람은 자신의 잘못을 알고도 시인할 수 없는 상황이 있다던 대종 이모의 말이 떠올랐다. 그게 바로 엄마라서 이해하고 용서하라는 말이었나. 모르겠다.

"엄마가…… 제일 두려운 건…… 네가 평생 날 용서하지 못할까 봐……. 나는…… 너마저 잃을 순 없어."

엄마는 하염없이 우느라 말도 제대로 잇지 못했다. 엄마의 얼굴에서 처음으로 후회하는 표정이 역력히 보였다. 그 순간 나는 애써 참아 왔던 눈물을 왈칵 터뜨리고 말았다. 엄마에게 이 말을 듣기 위해 지금까지 죽기 살기로 싸워온 사람처럼 모든 게 허탈했다. 엄마가 좀 더 일찍 자신의 욕심을 내려놓았다면 형은 죽지 않았을지도 모른다. 정체불명의 분노 조절 장애를 겪지 않고 쌍둥이로 평생을 함께 잘 지낼 수 있었다.

여러 가지 생각이 뒤엉켜 의식이 과거로 향해갔다. 시간을 되돌릴 수만 있다면 모든 게 원위치로 돌아갈 텐데, 후회할 일들을 버젓이 하고 고통받고 있다. 나는 무슨 말을 해야 할지 몰라 입이 떨어지지 않았다. 내가 아무 말도 못 하자 엄마는 다시 입을 열었다.

"내 마음을 나도 어떻게 할 수가 없어. 그런데 엄마가 변하도록…… 노력할게. 진짜야."

엄마의 거듭되는 사과에도 나는 엄마와 눈을 마주치지 않았다. 이상하게 사과의 말에도 응어리진 마음이 쉽게 풀어지지 않았다. 엄마는 눈물로 뒤범벅된 채 내게 더 가까이 다가와 손을 잡았다. 엄마의 손은 차갑고 건조했다.

엄마의 '노력할게'라는 말에도 눈물이 멈추지 않았다. 분명히 엄마도 아파하고 있다는 걸 아는데 왜 마음이 개운치 않은지 모르겠다. 끔찍하고 고통스러운 기억이 사라지는 데는 시간이 걸릴 거라는 걸 알면서도 마음은 모르는 사람처럼 굴었다.

나는 잠시 감정을 추스르려고 애를 썼다. 그래야 무슨 말이라도 정리해서 말할 수 있을 것 같았다. 마침내 나는 겨우 입을 열었다.

"나도 엄마를…… 조금 더 이해해볼게. 그러나 시간이 좀 걸릴 거야."

38

그날 이후 엄마는 병원에 입원했다. 탈진 상태였고 몸살까지 심해 일어날 수 없는 지경이었다. 엄마는 병원에 입원한 김에 정신과 치료도 받기로 했다. 나는 엄마가 병원에 입원해 있는 동안 대종 이모와 함께 지냈다. 아빠는 해외 출장 중이라 여전히 할 수 있는 게 없었다.

대종 이모는 엄마를 간호하는 대신 내 곁을 지키겠다며 한사코 병원에 가지 않았다. 아마도 내가 또 무슨 짓을 할까 봐 내 곁을 지키는 것 같았다. 나는 정신과 의사에게 심리 치료를 받으며 시간을 보냈다.

그사이 아빠는 출장에서 돌아왔다. 아빠는 이미 대종 이모에게 모든 상황을 들어 알고 있었다. 아빠는 모든 걸 제자리로 돌려놔야겠다는 생각에서인지 내게 처음으로 앞으로의 계획을 물었다.

나는 먼저 학교 휴학과 배낭여행에 대한 평소 생각을 말했다. 당장 무엇을 하는 것보다 나를 추스르고 싶었다. 아빠는 휴학과 배낭여행에도 부정적이지 않았다. 아빠는 심리 치료를 받은 후 더 진지하게 고민해보자고 했다.

엄마가 입원한 병원을 방문하는 날, 꽃집에 들러 카네이션 바구니를 샀다. 17년 만에 처음으로 내 손으로 꽃을 산 기분은 나쁘지 않았다.

병실에 들어서자 엄마는 거울을 보며 머리를 빗고 있었다.

화장기 없는 엄마의 얼굴은 안 본 사이 살이 홀쭉이 빠져 있었다. 엄마는 나를 보자 핏기 없는 입술로 "선휘야" 하고 조그맣게 불렀다. 나는 엄마에게 다가가 카네이션 꽃을 가슴에 안겨 주었다. 엄마는 꽃을 보자 놀라는 기색이었다.

"어버이날에도 안 주던 꽃을 어쩐 일로?"

"내년 어버이날 거 미리 하는 거야."

나는 멋쩍게 대답했다.

"꽃이 예쁘네. 너한테 꽃을 받을 줄 몰랐어. 나도 이제 카네이션 받는 엄마가 된 거네."

엄마는 내 말을 듣더니 빙그레 웃었다.

"네 얘기 아빠한테 전해 들었어. 배낭여행 가기로 했다며. 그것도 나쁘지 않을 것 같더라. ……선휘야. 진짜 미안해."

엄마는 애써 웃음을 지으며 말했다.

"나도…… 미안해."

"뭐가?"

"엄마 앞에서 몹쓸 일 하려고 한 것, 그리고 엄마 말대로 살지 못한 거."

나는 그 말을 하면서도 멋쩍었다. 마음으로는 엄마에게 미안함이 있는데 어찌 된 일인지 표현하기는 쉽지 않았다. 대종이모 말대로 말과 행동이 뜻대로 되지 않는 게 인간이라는 것이 조금씩 이해가 되었다.

"엄마도 나 없는 동안 병원 치료 잘 받고. 지금부터라도 할 수 있는 일들 찾아보면 좋겠어. 백세 시대에 엄마 같은 고학력자가 노는 것도 별로야."

"그래, 네 말 새겨들을게."

"⋯⋯잘 생각했어."

"너 엄마 안 본 사이 얼굴은 더 좋아진 것 같구나."

"솔직히 말하면 진짜 마음 편해. 엄마는 서운하겠지만."

엄마는 내 말에 화내지 않았다.

"가끔 카톡으로 소식 전해줄래?"

"그것도 강요하지 마. 때가 되면⋯⋯. 지금은 그냥 어떤 것에도 매이고 싶지 않아."

"그래⋯⋯. 그래. 한 가지 약속하마. 네가 다시 엄마를 만날 때는 아주 많이 달라져 있을 거야. 엄마는 널 진짜 사랑하기 때문에 할 수 있어."

나는 엄마에게 특별한 약속이나 작별 인사 따위는 하지 않았다. 대신 엄마의 메마른 손을 잡아주었다. 엄마는 이게 마지막 인사라는 걸 안다는 듯이 눈물을 글썽이며 어깨를 들썩였다. 나는 그 모습을 뒤로하며 병실을 나왔다.

병실 밖으로 아빠가 뒤따라 나왔다. 아빠는 내 앞에서 조금 머뭇거렸다. 뭔가 할 말이 있는 사람같이 보였다.

"선휘야, 엄마 너무 미워하지 마. 지금 엄마도 많이 힘들 거야. 사실 너만 보면 늘 맘에 걸렸어. 엄마와 네가 싸울 때마다 신경 쓰기 싫어 네 편이 되어주지 못했다. 엄마 행동에 문제가 있다는 걸 알지만 바쁘다는 이유로 외면했어. 미안하다."

아빠는 엄마의 잘못된 교육에 침묵했던 자신을 회개하는 사람처럼 말했다. 어른들은 미안하다는 말 한마디면 된다고 생각하는 모양이다. 그러나 아직은 그 미안함을 받아들일 마음의 공간이 내게 없었다.

"나라면…… 내가 만약 아빠라면 아들을 위해 용기를 냈을지 몰라."

나는 아빠에게 서운했던 감정을 솔직히 드러냈다. 아빠는 내 눈을 마주치지 못하고 고개를 숙였다. 사람들은 마음속에 있는 걸 표현하는 용기가 없다. 아빠는 중요한 타이밍을 놓쳤고 나는 그사이 지쳐버렸다. 이런 거지같은 상황이 답답하지만, 지금이라도 깨달았다는 사실을 다행이라고 여기는 수밖에 없었다. 아빠는 묵묵히 내 말을 듣더니 다시 입을 열었다.

"핑계 같지만, 나도 너와 엄마 사이에서 힘들었어. 하지만 앞으로 달라질 거야. 널 많이 응원할게."

아빠는 눈시울을 붉히며 날 처음으로 안아주었다. 아빠의 마음을 알다가도 모르겠지만 그래도 지금은 이 포옹이 싫지 않다.

39

은빈이 앙상블로 참여하는 공연에 갔다. 공연은 〈나쁜 딸 루이즈〉라는 작품이었다. 은빈이 루이즈를 맡은 건 아니었다. 나쁜 딸 루이즈를 보는 내내 마음이 답답했다. 루이즈의 엄마가 주인공의 마음을 너무 몰라준다고 생각했다. 루이즈도 이해할 수 없는 엄마 때문에 고통스러운 삶을 이어가고 있다.

은빈은 앙상블로 참여해 노래를 불렀다. 그 애가 부르는 노래가 귀에 와 닿았다. 환한 미소를 머금은 은빈은 강렬했다. 아주 작은 역할이지만 그 무대에서 주연이나 마찬가지로 보였다. 누가 뭐래도 내 눈엔 그랬다. 은빈의 눈빛이 신념에 차 있었다. 공연을 보는 내내 팽팽한 전류가 흐르는 것처럼 짜릿했다. 마치 나도 무대 위의 배우 같았다. 은빈이 춤을 출 때나 연기를 할 때 진짜 소름이 돋았다. 지금까지 은빈의 뮤지컬 연기는 9등급이 아니라 1등급이었다. 세상엔 공부가 다가 아니었다. 처음 본 뮤지컬은 소름이 돋았다. 노래와 춤 모두 엉덩이를 들썩거리게 할 만큼 멋졌다. 그동안 내가 알고 있는 세상은 아주 어두운 동굴과도 같았다.

공연이 끝난 뒤, 나는 무대 뒤로 은빈을 찾아갔다. 마침 은빈은 분장을 지우고 있었다. 은빈이 나를 보더니 환하게 웃었다.

"오늘 공연 아주 좋았어."

나는 그 말과 함께 꽃을 건넸다.

"역할도 작은데 꽃까지 주고 고마워."

"노래를 주연처럼 잘하지 못하면 어때. 넌 매 순간 원하는 걸 하고 있잖아."

"어쭈! 너도 마찬가지 아냐?"

"난 세상을 여행하고 싶어, 어른이 빨리 안 되더라도. 진짜 나를 찾고 싶어."

은빈은 내 말에 고개를 끄덕였다.

"너 큰 결심 했다."

"여행하다 보면 나쁜 기억도 잊을 수 있고 약도 끊을 수 있을 것 같아."

"1년쯤 쉰다고 나쁠 건 없지. 덴마크란 나라는 중3이 끝나면 안식년을 가질 수 있다고 하더라. 많은 걸 경험하고 진짜 너로 돌아와."

은빈에게 격려와 칭찬을 듣자 기분이 날아갈 것처럼 가벼웠다. 연이어 은빈은 날 바라보며 다음 주에 한강 불꽃 축제에 가자고 말했다.

"나 한 번도 못 가봤는데 한강 불꽃 축제 가보자."

여의나루역은 이미 사람들로 발 디딜 틈이 없었다.

나와 은빈은 약속대로 한강 둔치 쪽에 자리를 잡았다. 신선한 바람과 어스름한 한강 변은 가을밤에 어울렸다. 한눈에 담기에도 벅찬 웅장한 불꽃들이 피었다가 지기를 반복했다. 은빈은 불꽃 사진을 찍는다며 삼각대를 준비해왔다. 머리 위로 터져 오르는 불꽃 사진을 찍느라 정신이 없던 은빈은 내게도 디지털카메라를 들이댔다.

"사진 그만 찍어. 이런 건 눈으로 봐야지, 사진으로 찍으면 식상해."

사진을 찍는 은빈에게 심술을 부렸다.

"넌 모르는 소리야. 사진으로 남기지 않으면 나중에 이 시간을 기억할 수 없잖아."

"기억은 머릿속에 있지."

"난 너랑 달라. 눈으로 먼저 보고 기억을 떠올리는 사람도 있어. 근데 저런 폭죽은 누가 시작했을까?"

"아마 중국에서 시작했을걸. 축하 행사나 귀신 쫓는 용도로 했대. 마르코 폴로가 유럽에 전파했고 우리나라는 고려 시대부터 궁중에서 시작했다더라. 그러니까 넌 지금 루이 14세의 특권을 누리는 셈이지."

"와, 대단한 특권이네."

불꽃놀이가 끝난 뒤에도 우리는 한강을 바라보았다. 한강 다리 위에서 다양한 불빛이 강을 비추고 있었다. 얼마 후 불꽃 축제가 끝나고 사람들은 뿔뿔이 흩어졌다. 우리는 사람들이 빠져나간 뒤에도 약속이나 한 듯 자리에서 일어나지 않았다. 가을 공기는 약간 쌀쌀했으나 건조하지는 않았다.

"하늘 좀 봐. 별이 보여! 우리 누워서 별 구경하자."

은빈은 바닥에 깔아놓은 돗자리에 누워 하늘을 올려다보았다. 나도 은빈을 따라 누워 하늘을 올려다보았다. 어두운 하늘이 빛을 빨아들일 것 같았다. 차가운 밤공기가 콧속으로 들어왔다.

"김은빈, 이상하게 너랑 있으면 마음이 편해."

나는 하늘의 별을 감상하며 마음이 내는 소리를 입으로 말했다.

"너 몰랐니? 내가 토마토 마녀라는 사실. 너한테 주술을 걸었어."

"그 주술 계속 걸어주라."

나는 한강 다리 쪽을 응시하며 말을 이어 나갔다.

"선휘야, 나도 너한테 말 못 한 게 있어. 나 사실 네 형 죽은 거 일찍부터 알고 있었어. 학원 친구한테 네 형 얘기 들었거든. 그것 때문에 네가 약 먹었던 거잖아."

"근데 왜 모른 척했어?"

"아는 척하기 싫었어. 네가 여행 갔다고 하면 간 거지 뭐. 어쩌면 형의 영혼이 세상을 여행하고 있을지도 몰라. 우린 죽음

이후는 모르잖아. 황선휘, 너 사람 목이 왜 뒤로 돌아가지 않는지 알아?"

은빈은 느닷없이 기습 질문을 했다. 한 번도 생각해본 적 없는 문제였다. 나는 딱히 생각이 나지 않아 답변하지 못했다.

"그건, 뒤를 돌아보지 말고 앞만 보라는 신의 명령이야. 그러니까 너도 이제 형 일은 잊어. 뒤돌아본다고 달라지는 게 없잖아."

"이제 앞만 봐라, 지금 나한테 명령하는 것 같다."

"그래, 내 명령이야."

은빈이 익살스럽게 말했다.

은빈의 말은 틀린 게 없었다. 내가 아무리 형을 떠올린다고 해도 달라지는 건 없었고 고통만 심해졌다. 내가 형을 떨치지 못하는 이유는 죄책감, 그 말이 정확할지 모른다.

"김은빈, 근데 너 아까 왜 눈 감았니?"

나는 조심스레 물었다. 그러자 은빈은 갑자기 크게 웃었다.

"사실 네가 고백한다기에 혹시 사랑 고백 아닌가 해서 분위기 좀 잡았어. 근데 시시하네. 내 예상은 빗나가고."

"그래, 그럼 다시 고백 하나 할까."

"야, 됐어. 그냥 해본 소리야. 범생이는 농담을 진담으로 들어 재미없어."

"너 좋아하는 남자애들 많은데 나까지 보태면 힘들걸."

"다다익선이라는 거 모르니? 난 평생 짝사랑만 하면서 살 것 같아. 그것도 아무한테 들키지 않고. 그러니까 염려 마서. 너같이 짝사랑 한 번 해본 적 없는 애는 알 리가 없지."

은빈은 헤헤거리며 자리를 털며 일어섰다. 은빈은 언제나 활기 넘치는 에너지로 사람을 기분 좋게 만들어준다. 밝음은 어둠을 이긴다는 말이 틀린 게 아니었다. 나도 모르게 서서히 어두웠던 마음에 한 줄기 빛이 들어오는 느낌이었다.

40

학교에 휴학계를 내고 나왔다. 담임은 내 결정에 반대하지 않았다. 의사 선생님의 소견서도 도움이 되었다. 담임은 언제든 때가 되면 학교로 다시 돌아오라는 말만 남겼다. 다시 학교로 돌아갈지는 미지수지만 나는 고개를 끄덕였다.

방 안 정리가 거의 마무리되어가고 있었다. 방 안에 있던 책들을 모두 장애인을 돕는 시설에 기증했다. 텅 빈 방을 보자 어두운 기억들이 한꺼번에 빠져나간 기분이었다.

안식년의 계획은 배낭여행이었다. 벽에 붙여둔 세계 지도를 보며 얼마나 많은 국가가 있는지 알았다. 그 많은 나라 중 먼저 어디로 가야 할지 몰랐다. 230여 개의 나라 중 내가 모르는 나라가 너무 많았다. 나는 먼저 100일간의 여행을 계획했다. 세계 일주에 관한 책을 보았으나 선택지를 정하는 건 어려웠다. 여행 안내서에는 며칠씩 어떤 대륙과 명소를 다닐 것을 명확하게 안내하고 있었다. 그러나 여행은 어차피 내가 하는 것이라 책대로 따를 필요가 없었다. 여행하다 길을 잃을지 모른다는 두려움 때문에 규칙에 매이고 싶지 않았다. 실패를 두려워한다면 처음부터 시도할 필요가 없었다. 나는 마치 몽상가라도 된 듯 모험심에 충만했다.

여행에 필요한 돈을 마련하는 일도 중요했다. 통장 잔고를 살피고 부족한 돈이 얼마쯤 될까 계산해보았다. 생일과 명절 때마다 모아둔 돈으로는 턱없이 부족했다. 늘 엄마의 강요에 못 이겨 의미도 모른 채 아프리카 우물 파기에 돈을 기부했다. 그러나 지금은 날 위해 쓰고 싶다. 어쩌면 이번 여행 중에 아프리카 어디쯤 내 이름이 새겨진 우물을 발견할지도 모른다. 썩 유쾌한 기분은 아닐 것 같다. 차라리 우간다 어디쯤에서 1에이커 정도 땅을 직접 파보는 체험을 하는 건 어떨까. 여행하는 동안 분명 낯선 사람들을 만나고 익숙하지 않은 음식들을 접하게 되리라. 이 땅에서 보지 못한 나무들과 새들, 사막과 바다를 만날 거라는 기대가 나를 들뜨게 했다.

첫 여행지로 정한 곳은 산티아고 사막이었다. 오래전 읽은 『연금술사』라는 책 속의 양치기 소년이 산티아고 사막으로 보물을 찾으러 가는 이야기가 인상적이었다. 나 역시 사막 어딘가 숨겨둔 보물을 발견할지도 모른다는 어처구니없는 상상을 하며 마음이 끌리는 대로 하기로 했다.

─잘 지내? 검정고시 준비는?
─그럭저럭.

내가 먼저 방패 문신에게 카톡 문자를 보냈다. 방패 문신에게 아르바이트 정보를 물어보기 위해서 연락을 한 것이었다. 물론 그 이유만 있었던 건 아니다. 방패 문신의 검정고시 준비도 잘 되고 있는지 궁금했다. 방패 문신은 내가 먼저 연락할 줄 몰랐다고 했다. 아직 성적이 잘 나오는 건 아니어도 조금씩 실력이 붙고 있다고 했다. 여행 가기 전 아르바이트를 할 계획이라는 이야기를 꺼내자 마치 기다리던 사람처럼 좋아했다. 자신이 일하는 패스트푸드 매장을 소개해주겠다며 상기된 목소리로 말했다. 패스트푸드 매장은 미성년자들도 부모의 허락만 있으면 아르바이트를 채용하기 때문에 조건이 좋았다.

나는 방패 문신의 도움으로 아르바이트를 시작했다. 대신 나도 방패 문신의 검정고시 준비를 도와주기로 했다. 일주일에 두 번씩 방패 문신을 가르치며 처음으로 알 수 없는 희열을 느꼈다. 특히 열악한 자신의 삶을 바꾸려는 방패 문신의 의지가 나를 부끄럽게 했다. 나는 그 애보다 더 나은 환경임에도 불구하고 무조건 나쁜 방향으로만 나를 몰고 갔다. 그리고 내가 잃은 것만 있다고 생각했는데 알고 보니 가진 것도 많은 사람이라는 것을 깨달았다.

3개월간 진심으로 그 애를 도왔다. 나는 검정고시를 며칠 안 남기고 그 애와 마지막을 보내야 했다. 그 애가 헤어지면서 내게 한 말이 있었다.

"넌 내가 만난 범생이 중 최고야!"

방패 문신은 그 말을 하며 엄지 척을 해주었다.

41

여행을 떠나기 전날, 형이 있는 추모 공원에 들렀다. 엄마와 아빠는 형이 죽은 후 벌써 세 번 이상 가보았으나 나는 장례 이후 처음이다. 형에게 마지막 인사를 하고 싶었다. 사진 속 형은 여전히 장난스럽게 웃고 있었다. 형은 꿈에서보다 훨씬 편해 보였다.

"형, 나 배낭여행 가. 형과 같이 가고 싶었는데 미안. 내가 선택을 잘한 건지 모르겠지만, 형은 응원해줄 거지?"

'마음이 시키는 대로 해. 그게 바로 너의 모습이야.'

사진 속 형이 날 보며 이렇게 말하는 것 같았다.

형을 마지막으로 보았던 아침이 떠올랐다. 그날은 아침부터 비가 내렸다. 형은 무슨 일인지 늦잠을 자지 않았다. 그리고 현관까지 걸어 나왔다.

"선휘야, 비 온다. 우산 가져가."

형이 내게 직접 장우산을 건넸다. 농구장 사건 이후 처음 내게 한 말이었다. 나는 형이 건넨 우산을 손으로 패대기쳤다. 장우산은 보기 좋게 신발장 구석으로 가 박혔다.

"됐어, 새끼야."

난 그 한마디를 형에게 쏘아붙이고 집을 나섰다. 치사한 새끼, 비겁한 새끼, 네가 형이라고 내 앞에 나와 행세질이냐!

난 속으로 정정당당하지 못한 새끼라며 온갖 욕을 해댔다.

그 기억은 날 오랫동안 괴롭혔다. 그 누구에게도 꺼내지 못한 말이었다. 형은 늘 '네게 무슨 일이 일어나면 널 위해서 뭐든 할 거야'라는 말을 자주 했다. 그 말 때문이었을까. 문득 가장 괴로웠던 사람은 바로 형이었다는 걸 뒤늦게 알았다. 두려움 속에 갇힌 형을 내버려뒀다는 죄책감이 나를 오랫동안 붙들었다. 만약 내가 그런 말을 하지 않았더라면 모든 게 달라졌을까. 그날로 돌아갈 수만 있다면 얼마나 좋을까. 오랜 시간 수많은 질문이 날 괴롭혀왔다. 그러나 후회의 시간을 되돌릴 수 없었다.

"형, 여행에서 돌아올 때쯤 형 맘을 알게 될지도 몰라. 그때 다시 형 보러 올게."

나는 형에게 마지막 작별 인사를 고했다.

42

공항 카운터 앞에서 짐을 부치려고 줄을 섰다. 그제야 내가 진짜 집을 떠나려 한다는 걸 실감할 수 있었다. 늘 꿈만 꾸던 여행을 이제 현실에서 시작한다는 게 믿어지지 않았다. 짐을 다 부친 후 편의점에 들렀다.

편의점 안에 들어서자 콜라가 눈에 먼저 들어왔다. 갈증은 아직 있었으나 선뜻 콜라에 손이 가지 않았다. 그 대신 음료수 칸으로 가서 탄산수를 한 병 집었다. 탄산수로 갈증을 줄일 수 있을지 모른다는 생각이 들었다. 그러다 점점 갈증이 사라지는 날이 분명 오겠지.

편의점을 나서자 마침 전화벨이 울렸다. 은빈이었다.

"너 비행기 아직 안 탔구나."

은빈은 상기된 목소리로 물었다.

"나 공항이야. 지금 네 모습이 보여."

은빈이 날 보고 있다는 말에 주변을 둘러보았다. 내가 주변을 두리번거리는 동안 누군가 내 등을 툭 쳤다.

은빈은 어느새 내 등 뒤에 서서 웃고 있었다.

"배웅하러 나올 줄 몰랐어."

"야! 내가 배웅 안 하면 섭하지. 기분은 어때?"

"생각보다 담담해."

"뭔가 원하는 게 있으니까 넌 잘 해낼 거야. 가끔 시간 날 때 메일 보내는 거 잊지 마. 네가 어떤 걸 보고 생각하는지 궁금해."

"그럴게. 너도 좋은 곡 많이 쓰고."

은빈은 자신이 추구하는 방향으로 갈 거라는 예감이 들었다.

"나 이제 들어가봐야겠다."

마지막 작별 인사를 하자 은빈은 갑자기 고개를 땅에 떨구고 들지 않았다.

"왜 그래?"

나는 조심스레 물었다. 그 순간 갑자기 은빈이 내 목을 감싸 안았다.

"너 내가 많이 좋아한 거 알아? 그거 모르면 넌 바보야. 가끔 내 생각 해라."

은빈은 낮은 목소리로 속삭였다. 은빈이 무얼 말하는지 조금 알 것 같다. 은빈과 보냈던 시간이 없었다면 지금쯤 난 어디에서 무얼 하고 있었을까. 우리가 함께했던 몇 달이 나를 홀쩍 크게 했다.

"잘 지내. 나도 보고 싶을 거야."

그 말을 하면서 눈물이 나올 것 같은 걸 겨우 참았다.

"이제 됐어."

은빈은 내 귓가에 대고 속삭였다.

잠시 후 내 어깨에 얹었던 두 팔도 풀었다.

"콜라 먹지 말고 토마토 많이 먹어. 난 언제나 네 편이야."

"고마워."

은빈은 안도의 눈빛을 보이며 고개를 끄덕였다.

비행기가 이륙을 위해 활주로로 움직였다. 잠시 후 비행기가 활주로 끝에 까만 얼룩을 남기며 묵직한 무게를 들어 날아오르는 순간, 나는 환희를 느꼈다. 내 인생도 비행기와 같이 날아오를 것 같았다. 지금까지 짓눌렸던 것들에게서 해방이 된 느낌이었다.

바깥세상에서 길을 찾아가는 나는 여전히 진행 중인 시간을 보내고 있다. 조금 꾸물거린다고 크게 달라질 건 없다. 여전히 배워야 할 것들은 세상에 많다. 가슴을 짓누르던 덩어리가 훅하고 꺼진 듯했다. 형이 상상했던 곳을 눈으로 보고 경험한 것들을 형에게 말해줄 작정이다. 미지의 세계에 대한 막연한 동경이지만 가슴이 두근거렸다. 이 두근거림은 예전의 것과는 분명히 달랐다. 콜럼버스가 아메리카 대륙을 발견했던 것처럼 진짜 나를 만날 수 있을 것 같았다.

나는 가방에서 『수레바퀴 아래서』라는 책을 꺼냈다. 마지막 장을 아직 읽지 못했기 때문이다. 마지막 장 이야기가 끝날 즈음, 빈 여백에 희미하게 샤프로 쓴 형의 필체가 눈에 띄었다. 뜻밖이었다. 그동안 책을 읽으면서 왜 이 메모를 발견하지 못했는지 모른다. 아마 유성펜이 아니어서 무심코 지나쳤던 것 같다. 나는 형의 메모를 천천히 눈으로 읽어 내려갔다.

선휘야. 먼저 이 글을 본다면 날 용서해줄래? 난 알고 보면 진짜 용기가 없는 놈이었어. 그래서 너에게 미안하다는 말도 꺼내지 못했어. 너라면 날 조금 이해하지 않을까. 왜 이렇게 비겁하고 못난 형이 되었는지 나도 모르겠어. 내가 지금껏 거두었던 승리들이 다 가짜라는 걸 알아. 넌 절대 나처럼 되지 마. 내 말이 무슨 뜻인지 알 거야.

선휘야, 만약에 말이지, 내가 다시 태어날 운명이라면 또 다시 어두운 터널로 도망치는 일은 하지 않을 거야. 그것은 아주 비겁한 짓이라는 걸 알아. 너와 끝까지 함께하지 못해 미안해. 내가 다른 별에 먼저 가 있다고 너무 힘들어하지

마. 우린 언젠가 다시 만날 거야. 만약 내가 우주에 떠 있는 별이 된다면 분명 너를 보게 될 테니까. 우린 떨어질 수 없는 거울 쌍둥이잖아. 선휘야, 언제나 네가 보고 싶을 거야. 그러나 난 오랜 시간 널 기다릴 수 있어. 그러니까 넌……
넌 절대로 나같이 되지 마. 안녕.

형의 메모는 여기까지였다. 글을 읽는 동안 눈물이 툭툭 형의 메모 위로 떨어졌다. 형의 글씨는 눈물에 젖어 더 흐릿해졌다. 가슴 깊숙한 곳에서 설명할 수 없는 뜨거움이 올라왔다. 비로소 잃어버린 두 영혼이 하나가 된 듯했다. 나는 비행기에 난 쪽창에 건휘라는 이름을 손가락으로 써 내렸다. 창밖은 어두웠다. 어디선가 까르르 웃는 소리가 들렸다.

교육 학대는 폭력이다

⋮

사람들은 '교육 학대'에 대해 무감각합니다. 가정이나 학교에서 교육이라는 이름으로 자행되는 학대는 한국 사회의 가장 큰 병폐이기도 합니다.『가짜 모범생』은 교육이라는 그럴싸한 단어 뒤에 숨어 있는 보이지 않는 폭력과 학생의 인권에 대한 불편한 진실을 수면 위로 꺼내보았습니다. 강요에 의한 교육은 아이들을 정신적 억압의 상태로 몰고 가 '분노 조절 장애'라는 내적 괴물을 만들어냅니다. 성적 지상주의, 경쟁이라는 단어가 가짜의 '나'를 만들어 분노를 차곡차곡 쌓이게 합니다. 그리고 자신도 모르는 사이 폭발해 사회적 문제를 일으켜 좌절을 줍니다. 아이들은 재능을 가지고 태어남에도 발견도 하지 못하고 성적이라는 환상에 매몰되어버립니다. 그 재능을 끄집어내주는 게 진짜 참교육 아닐까 싶습니다. 학교 성적으로 서열을 매기는 사회가 아닌 자신의 재능으로 박수갈채를 받는 시간이 빨리 오기를 바랍니다.

손현주

가짜 모범생

ⓒ 손현주, 2021

초판 1쇄 발행일 | 2023년 1월 10일
초판 2쇄 발행일 | 2023년 3월 25일

지은이 | 손현주
펴낸이 | 사태희
편집인 | 최민혜
디자인 | 홍성권
마케팅 | 장민영
제작인 | 이승욱 이대성

펴낸곳 | (주)특별한서재
출판등록 | 제2018-000085호
주 소 | 08505 서울특별시 금천구 가산디지털2로 101 한라원앤원타워 B동 1503호
전 화 | 02-3273-7878
팩 스 | 0505-832-0042
e-mail | specialbooks@naver.com
ISBN | 979-11-6703-069-6 (03810)